ぼくら
ナイトバス★
ヒーロー

オンジャリ Q. ラウフ
久保陽子＝訳

静山社

ぼくらナイトバス・ヒーロー

わたしが勇気を出して名前を聞くことのできなかったトーマスと、
路上で寝泊まりせざるを得ない世界中の人々に、
この物語をささげます。
そしていつものように、母とザクに。

おそらく人は、愛されるよりも理解(りかい)されたいと願っているのだ。
——ジョージ・オーウェル

世間がなんと言おうと、ホームレスの人々に家を作ることが、
間違(まちが)いであるはずがない。
——フィンセント・ファン・ゴッホ

もくじ

二匹のヘビと食堂のスープ　6
カートの持ち主　21
1番ホームのどろぼう　33
暴走するカート　45
かわいい子は二人だけ　58
見つめるスパイ　74
消えたエロスの弓　88
行方を探して　104
木立の中へ　121
三人の物語　132
やってきた巡査たち　141
ヘラクレスの発見　153
間違いだ！　167

スープキッチン 179
キャットウーマンとメイソン 197
なわばり争い 216
成功へのフリーパス 241
夜の乗客たち 252
ポールと真夜中の一団(いちだん) 263
五つの顔 280
ヒーローのベンチ 294

ホームレス・コード 314
どろぼうが残した記号 318

作者あとがき 320
訳者あとがき 324

二匹のヘビと食堂のスープ

「ヘクタア——！　ストップ！」

トマトスープの入った大きな鍋の上で、おれは手をぴたりと止めた。なんてことのない、ふつうの鍋だ……さっきまではね。でも今はゴムでできたひょろ長い緑のヘビが、真ん中でプカプカ浮いている。

「ヘクタア——！　いい加減にしなさい！」

また校長先生にどなられて、おれはゆっくりとふり向いた。青い制服を着た食堂の調理員の人たちが、おれを見つめている。みんな口をあんぐり開けていて、まるで閉め忘れたドアがずらりとならんでいるみたいだ。食堂にいる子どもたちも先生もかたまっているけど、校長先生だけは開いた口がブラックホールみたいにどんどん広がっている。顔がマントヒヒのおしりみたいに真っ赤になって、鼻がピクピクしている。もうすぐ爆発するぞ！

校長先生は、おれがかかげている二匹目のヘビをにらみながら、さらに大きな声でどなった。

「やめなさい！」

おれは二匹目のヘビを見下ろした。調理員のバクスターさんが作ったトマトスープと同じくらい真っ赤なヘビだ。

選択肢は二つ。

〈一〉二匹目は鍋に入れない。

一匹目をもう入れたから、どっちにしろ罰は受けるけど、そんなにひどい罰じゃないだろう。

〈二〉二匹目を入れる。

校長先生が爆発するのはもちろん、バクスターさんもカンカンに怒るだろう。でも最悪な調理員なんだから、その報いってやつだ。いつもおれたちをにらみつけて、たくさん食べたい料理はちょっとだけ、嫌いな料理はどっさりよそうんだから。そろそろ、だれかが罰をあたえなくちゃいけない。それに二匹目を入れたら、親友のウィルとケイティを笑わせられる。

「ヘビを下げなさい……さあ！」

指示する校長先生の方をふり返り、おれはニッと笑ってヘビを落とした。食堂にいる全員が、はっと息をのむ音が聞こえた。赤いヘビがボチャンと落ちて、トマトスープがそこらじゅうに飛び散り、バクスターさんの頭にもべチャッ。べつの調理員さんのほっぺたにもビチャッ。校長先生のピクピクしている鼻にもかたまりがボテッとついて、ボタッボタッと床にしたたり落ちた。

「なんてことをするんだ、きみ！　まったく、こっちへ来なさい！」

校長先生は怒りが頂点までくると、おれを「きみ！」と呼ぶ。怒りすぎて名前を忘れたみたいに。もともと、大人にきちんと名前を呼ばれることなんかないけど。みんな、怒っていると一発でわかる声で「きみ！」か「ヘクタアー——！」ってどなるんだ。でも、べつにいいい。前は気にしてたけど、ばかな大人になんて思われようと、どうでもいいし。アイスを食べてるときに、うるさくたかってくる小さな虫みたいなものだから。ただ何が嫌かって、この学校にはとりわけうるさい虫が集まってること。

大きなハエたたきでたたいて回ったら、すっきりするだろうな……そんな想像をしていたら、校長先生に食堂の外に出るようにうながされた。すれ違いざま、ウィルとケイティにウィンクした。おれが本当にやるかどうか、二人と賭けてたんだ。勝ったぞ！　でも二人ともお腹をかかえて笑っていて、おれの方を見てもいなかった。


「そこにすわっていなさい。一言も話さないように」

校長先生は長イスを指さした。いつも居残りの児童をそこにすわらせるんだ。校長室の壁には賞状がたくさん飾ってあるけど、それを見てときどき思う。これって、イギリスで一番ばかでうるさい校長だって認められたことを証明する賞状なんじゃないかなって。

笑っちゃうのは、校長先生は自分をかしこいと思っていること。たえずおれに目を光らせて、みんなの前で「ヘクタアーー！」とどなるタイミングを見計らっている。そんなとき、校長先生の首すじの血管は二次元から三次元になる。

今日はおれが悪さをする現場を押さえられて、ラッキーだったな。いつもより注意して見張ってたんだろう。でも、おれがたくらんでいることの半分だって見抜けないんだよな。だって、おれは校長先生のしかけたまぬけなわなを、何キロも離れた場所からでも見抜けるから。前にも男子トイレに、ピカピカの真っ黒なゴキブリみたいな小型カメラを取りつけていたことがあった。おれが昼休みに、トイレにやってきただれかをつかまえて「小銭出せ」って言っている証拠を撮影しようとしたんだろう。でももちろん、おれはすぐに気づいたから、毎日トイレに行くたびにカメラに手をふっている。で、小銭をまき上げる場所は校庭のすみに変えた。

　それと去年、校長先生は児童会の役員全員にピカピカのバッジを配って、ランチの時間の監督係をまかせたことがあった。食堂でランチを載せたトレーを持ってテーブルへ向かう子たちを、おれが足を引っかけて転ばせないよう見張る係だ。そこでおれは、代わりに監督係の足を引っかけて転ばせて回った。そしたら次の日にはみんな、係をやめていた。

　そういえば前、ケイティがラングに足を引っかけたら、転んでトレーの上のチリコンカンがまわりのみんなに飛び散ったことがあったな、と思い出してにやにやしていると、校長先生のどなり声が聞こえた。

「ヘクタアー――！　聞いているんですか？　居残りから逃げようなどと、今日は決して考えないように！」

まだ説教を続けたそうだったけど、そのときまるで「もうたくさんだ！」とさけぶみたいに、タイミングよく授業の始まりのベルが鳴った。おれは顔がにやけそうになるのを、なんとかおさえながら、うなずいてゆっくりゆーっくりと教室へ向かった。着いたときにはもう、みんな教室にいて、ワークブックを取り出しているところだった。

「ヘクタアー！　また遅刻ですか？」

ベルガラ先生は、やれやれと首をふって頭をかいた。おれは肩をすくめて、ラジェシュのとなりの席にドカッとすわった。ベルガラ先生はおれを見ると決まって、首をふって頭をかく。まるで頭にシラミがいて、おれを見るたびにそれを思い出すみたいに。

「はい、すわってすわって」先生は緑のマーカーを手に、ホワイトボードに向かった。

「ようやく全員そろいましたので、ロンドン大火までの出来事をまとめましょう」

あ、教室の前のたなにワークブックを入れたままだった。おれは気づいて、小さくうめいた。まあ、べつにどうってことないけど。おれはすわったまま、先生がホワイトボードに丸っこい大きな字を書いていくのを見つめた。緑のマーカーの曲線は、ナメクジが這った跡みたいだ。

「ラジェシュ、はいっ!」

おれの前の席のロバートとメイ・リーの方から、ささやき声が聞こえた。そして折りたたんだ小さな紙が飛んできて、おれのひじのそばに落ちた。

おれはラジェシュより先に紙をひろって開いた。ベルガラ先生のおしりから炎がふき出している絵だ。おならに火がついたみたいな。その上にこう書いてある。「ロンドン大火は本当はこうして起きた」。

思わず、ロバートをまじまじと見た。優等生のロバートに、先生をおちょくる絵をかく度胸があるなんて。これまでロバートがラジェシュにわたす紙といったら、算数の式か、「理科の時間に図書室で待ち合わせしよう」みたいなメッセージなのがお決まりだったのに。でもそのとき、ロバートの前の席のカリーナが、不安そうにおれを見ているのに気づいた。さては、かいたのはカリーナだな。ロバートはそれをラジェシュに見せようとしただけなんだ。

「ヘクタアーー!　何をしているんですか?」

とっさに、紙をくしゃくしゃに丸めて手の中にかくした。でもおそかった。先生はもう目の前まで来ていて、疑い深く首をかしげながら、やけに落ち着いた声で言った。

「見せなさい。さあ」

　後ろをふり返ると、ラジェシュの大きく見開いた目は、教室のはしまで飛び出していきそうになっていた。前の席に目をもどすと、メイ・リーはまぬけなロバートをにらんでいた。ロバートはというと、背すじをぴんとのばし、「そんな紙、初めて見ました」みたいな顔で天井を見つめている。カリーナもそっくり同じことをしている。おれは四人の顔を見回してにらみつけると、先生に紙を差し出した。

　こんなとき、先生がどうするかは決まっている。なぜって、この学校でチャンピオン級にばかな人間は、校長先生だけじゃないから。ベルガラ先生もどっこいどっこいだけど、ただちがうのは、おれをつかまえようとせずに愛想よく接してくること。これは、とりわけずるい大人の手口だ。敵じゃなく味方だというふりをする。

　先生は絵を見ると、やれやれと首をふった。まただ。

「ヘクタアーー！　まったく、あなたにはがっかりです。本当はこんな子じゃないはずですよ」

「でも……でも、おれじゃない！　カリーナがかいてメイ・リーとロバートとラジェシュに回したんだ！」

カリーナは息をのみ、ロバートは首をふった。メイ・リーが何か言おうと口を開いたけど、そんな間もなく、先生は前のめりになって、おれに人差し指を突きつけた。

「人のせいにしてはいけません！　こんなに侮辱的で失礼な絵をかいた上に、うそまでつくなんて。わたしを信頼して、正直に話すようになってくれるといいんですけど。また居残りをしてもらわないといけませんね。残念です」

本当におれじゃないんだ、それにおれだったら、もっとうまくておもしろい絵をかく――そう言おうとして口を開きかけたけど、やめた。言ってもむだだって、わかってるから。大人はよく「信頼して」なんて言ってくるけど、信頼するわけない。大人が手を差しのべる相手は、好印象の子どもだけ。おれに好印象を持っている大人には、ひとりも出会ったことがない。物心ついたときからずっと、周りの人たちにため息をつかせることばかりしてきたんだから、まあそうだよな。

先生はホワイトボードまでもどると、みんなにロンドン大火について質問した。メイ・リーがふり返っておれの様子を見ているのに気づいたから、にらみつけてやったら、さっと前に向きなおった。校長先生やベルガラ先生に負けないくらい嫌なのは、先生たちのお気に入りの優等生、つまりメイ・リーやロバート。

だれが優等生（ゆうとうせい）かは、ちょっと見ていればすぐにわかる。テストで一〇〇点が取れなかったら大さわぎするし、宿題は必ず提出（ていしゅつ）するから。中には、宿題でもないのに自分で勉強したノートを提出（ていしゅつ）するなんていう、ムカつくやつもいる。それに先生にやたらと話しかけて、ごますりばっかりしてるから、くちびるがつきだしている。うそだと思うなら、見てみたらいい。優等生（ゆうとうせい）のくちびるは赤くてとがってるから。あちこち探（さが）し回らなくても、優等生（ゆうとうせい）はそこらじゅうにいるから、うんざりする。地球上のどの学校のどのクラスにもひとりはいるんだ。おれのクラスは優等生（ゆうとうせい）が三人もいるんだから、悪夢（あくむ）だ。

　ひとり目はナターシャ。ベルガラ先生の机（つくえ）のとなりに席があって、先生の質問（しつもん）への答えがわかると、大きなカエルみたいにすわったまま飛びはねる。二人目はロバート。自分のことをおもしろくてかしこいと勘違（かんちが）いしている。ナターシャもロバートもおれがこわいから、おれを透明（とうめい）人間あつかいして視界（しかい）に入れないようにしている。

　三人目は、最悪で一番イラつくやつ。優等生（ゆうとうせい）界の中でも、世界一に君臨（くんりん）するだろう。それは、メイ・リー。

　メイ・リーは去年やってきた転校生だ。発音が変だし、くさいオレンジ色のヌードルや、黒いビニールみたいなものでまいてある変なボールの入った弁当（べんとう）を持ってくる。それなのに、学校じゅうの先生にすごく気に入られている。授業中にうなずくたびに、つやつやの黒髪のポニーテールがぴょこぴょこゆれる。いつも鉛筆をかんでいる姿は、わらを食べているキリンみたいだ。テストで九〇点以下を取ったことは一度もない。それに学校が用意しているいろんな賞を、去年転校してきたばかりなのに、ほとんど受賞している。もし「息をするのが上手で賞」なんてのがあったら、それも受賞するだろうな！　これまでの人生で出会った中で、一番嫌なやつだ。

放課後、まっすぐに居残り用の教室へ行き、すみのいつもの席に着いた。相変わらず、おれだけだ。

「今日は時間通りに来てくれましたね」

おれの目の前にまっさらな紙のたばを置いて、校長先生は言った。

校長先生と居残りをするのは、絵の具でかいた絵がかわくのをただながめているのと同じくらい、たいくつだ。どうしてわかるかというと、一度、本当にやらされたことがあるから。学校の壁に絵をかいてかわかしているところがあって、その前にイスを置いてすわらされたんだ。でもたいていは、今日みたいに反省文を書かせる。たぶん校長先生は、居残りの時間をたいくつにすればするほど、もう二度と居残りをしたくないとおれが思うはずだと考えているんだろう。でも全然、苦じゃない。頭の中が静かになって、耳を閉ざす。そして、まばたきひとつせずにいるおれは、部屋の中や反省文の紙を見つめているわけじゃなく、みんなに仕返しする新しい方法を考えている。今まで、この時間にとびきりのアイデアをいくつも思いついてきた。

今までとはちがう新しい方法で仕返しをしなくちゃいけない。もっと大きな仕返しを。そう気づくきっかけをくれる時間だ。ベルガラ先生に「いつもこんなことばかりして！」って言われるけど、その通り。同じことばかりしていないで、型をやぶらないと。スープにヘビを入れるより一〇〇倍もすごいこと、みんながおれの話題で持ち切りになるようなことを。

どんな方法がいいだろうと考えながら五〇行目の「二度と食堂のスープにヘビを入れません」を書いていたとき、ベルガラ先生がドアをノックして、すき間から顔をのぞかせた。

「校長先生、ちょっといいですか？」

「ええ」

校長先生は立ち上がると、何も悪さをするなよ、とでも言いたげな視線をおれに投げた。そして廊下に出て、ドアを後ろ手に閉めた。

おれはさっと立ち上がり、忍び足でドアに近づいて聞き耳を立てた。きっとベルガラ先生は、おしりから火をふいているあの絵のことを、告げ口しに来たんだろう。もっとめんどうなことになるな。

ドアの鍵穴に耳を押しつけると、ベルガラ先生の声が聞こえてきた。

「これを見ていただけますか?」カサカサと、大きな紙を何枚か出すような音がした。

「絵をマンガ形式でかいて提出しようと発想するのは、学年、いえ、たぶん学校全体でも、この子だけです。アイデンティティをテーマにしたシンプルな課題に、このように何人もの登場人物をからめたストーリーを作り上げて提出するなんて、素晴らしい才能です。彼の作品を出品すれば、受賞する可能性は高いと思います」

「うーん……」カサカサという音がまた聞こえる。少しして校長先生はつづけた。「たしかに、どれも見ごたえがありますね。前から、絵の腕は大したものだと思っていましたよ」

鍵穴をのぞいたけど、ベルガラ先生の青いジーンズしか見えない。校長先生は言った。

「彼の素行の悪さは、ひどいものですね。よくなる見込みが全くない、やっかいな子です。スープにヘビを入れたと思ったら、次は二年生に暴力をふるって。こうしている間にも、教室で備品をこわしているかもしれませんね！　ナショナル・アート・アワードに彼の絵を出品して、受賞し表彰式に参加するとなったら、どうなることか！　学校の評判が地に落ちるのは、目に見えていますよ」

おれはまた鍵穴に耳を押し当てた。二人が話しているのは、おれと絵のことなんだ！

ベルガラ先生は言った。

「考えてみたのですが……こう言ってみてはどうでしょう？　人に迷惑をかけないように態度をあらためるなら、あなたの絵を出品する、と。それで素行がよくなるかもしれません。彼の絵には、とてもオリジナリティがあります。絵をかくことに、もっと気持ちを向けてくれるかもしれません。エネルギーを絵に注ぐきっかけになるかも――」

その言葉を、カサカサという音がさえぎった。校長先生が言った。

「いや、やめましょう、先生。そんな良い結果は期待できないでしょう。きっと晴れ舞台も台無しにして、この学校は次から出品禁止になってしまいますよ。これ以上、彼に迷惑をかけられてはたまりません。ナショナル・アート・アワードの主催者にも、ほかのまじめな児童たちにも迷惑をかけることになります」

「そうですか。残念です、せっかく才能があるのに。でも、なんとか……いえ、やっぱり、ええ、おっしゃる通りですね」

　ドアの取っ手が回って、おれはあわてて教室のすみの席にもどり、鉛筆をつかんだ。校長先生はもどってきて、おれを見ると、どこかに放火されていないかと確認するかのように、ゆっくりと教室を見回した。そして、反省文がまだあと五〇行分も空白になっているのを見て言った。

「さあ、ヘクタア――、早く終わらせてくださいよ。わたしも帰りたいですからね」

　早く書き終わりたいけど、顔は熱く、手はふるえてうまく書けない。なんとか一行書き進めるごとに、次は何をやってやろうかとカッカと考えをめぐらせた。今までやったどんなことより悪い、でっかいことをしでかしてやる。校長先生やベルガラ先生、学校じゅうのみんなに、おれがどんなにやっかいな人間か、思い知らせてやるんだ。

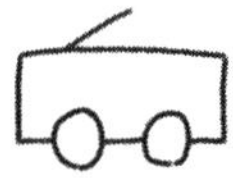

カートの持ち主

「校長先生とベルガラ先生につかまったなんて、信じらんない」ケイティが言った。おれが居残(いのこ)りの日、ケイティとウィルはいつも校庭で待っている。「二人とも年寄(としよ)りなのに。もっと速く走れるようにならなくちゃ、ヘクター。最近、足おっそいよね！」

地面を見つめる自分の顔が、真っ赤になっていくのがわかる。おれがへまをすると、二人はいつもその話ばっかりつづけるんだ。イライラしてパンチをくらわせるときもあるけど、今回はケイティの言う通りだ。もっと速く走って逃(に)げればよかった。

するとウィルが、おれをはげまそうと話題を変えた。

「なあ、三年生にいたずらしに行こうぜ。ほら、あそこにフェリックスがいる。ちびらせてやろうか」

そう言って、おれに目くばせした。ウィルはいつも、みんながおれたちをもっとこわがるようになるアイデアを出してくる。ウィルは一年生のときからの友だちだ。入学してすぐ、ウィルが消しゴムのかすをクラスメイトに投げつけて、とがめられたら「投げてない」ってうそをついている姿を見たおれは、こいつ、つるんだらおもしろそうだなと直感した。おれとそっくりなんだ。ちょっとはちがうけど。ウィルは小心者なところがあるから、うそばかりつく。おれはうそなんか絶対につかない。なぜって、本当のことを言ったほうが、大人がショックを受ける顔を見られて楽しいから。

そんなちがいはあるけど、ウィルはいいやつだ。おもしろいし、優等生や目立ちたがりのやつ、やたらとお金を持っているやつを見つけて教えてくれる。背が高くてがっしりしているから、一緒に歩いていると、みんなすぐにおれたちに気づく。髪は明るい黄色で、かかしの藁の髪みたいにツンツン立っていて、ちょっとマッドサイエンティストっぽい。おれの髪は茶色でまっすぐで、そのままたらしていて、前髪も目に半分かかっている。なんにもやる気がない感じの髪型だから、マッドな雰囲気は出ていない。

ケイティがおれをひじでつついて、フェリックスたち下級生の方を指さした。

「ほら、行ってよ」

おれは、一〇歩ほど先の校門のところで保護者と立ち話をしているシンプソン先生に、ちらりと目をやった。下校の時間に下級生にちょっかいを出すのは、要注意だ。保護者（ほごしゃ）に見つかったら校長先生も責（せ）められるから、その仕返しに定年退職（たいしょく）するまでずっと居残（いのこ）りさせられるはめになる。

ケイティは片方（かたほう）のまゆを上げて、おれを見た。いつもこの表情（ひょうじょう）でけしかけてくるんだ。ケイティは去年、通っていた学校を追い出されて、ここに転校してきた。初日、おれとウィルはケイティを一目見ただけでどんな子かわかり、あ、おれたちと同じタイプだな、と思った。そして、ケイティがメイ・リーとロバートに「こっちに来たら隣町（となりまち）まで追いかけてやる」とでも言いそうな顔で片（かた）まゆを上げてみせている姿（すがた）を見て、すぐに友だちになった。背（せ）が高くて、めちゃくちゃ足が速いから、隣町（となりまち）まで追いかけようと思えば本当にできるはず。そのわりに、顔はやたらと青白くて、茶色い髪（かみ）はアイロンをかけたみたいにまっすぐで、大きな角ばったメガネをかけている。ふつう、メガネをかけるのは優等生（ゆうとうせい）に決まっているんだけど。

「何ぐずぐずしてるの？　ほんと最近、のろまだね！」

ケイティに言われて、火がついた。おれはケイティをじろりとにらむと、すたすたとターゲットに向かっていった。でもあと一歩でたどり着くというとき、シンプソン先生がふり返った。先生に見つめられた瞬間、おれは、用事があって急いで帰らなくちゃいけないとでもいうように、フェリックスの横を通りすぎて校門からかけ出した。

しばらくすると、ウィルがケイティとならんでかけてきて、不満そうに言った。

「あーあ、のろのろしてるからー」

三人で無言のまま、大きな二車線道路へ向かった。その先に公園がある。

小石をけって歩きながら思った。もっとでっかくて、けりごたえのあるものをけりたい。

ウィルが、丸聞こえのささやき声でケイティに言った。

「あいつ、どうしたんだろ?」

「さあね、イラついてるだけじゃない? のろまで、先生につかまったり見つかったりしてばっかりだから」

ケイティは、ささやいているふうだけど、ふつうに聞こえてくる。おれはクラクションを鳴らす車の間をすりぬけて道路を横切り、公園に入った。そして大きなカシの木のある丘へとつづく、灰色の小道をのぼった。ウィルとケイティはまだ、おれのことをあれこれ言っている。おれをイラつかせたいときはいつも、ささやいているふりをしながら聞こえる声で話すんだ。

「負けを認めたくないんだよ」

「だよね。のろまなのはわたしたちのせいだとか思ってるんじゃない？」

おれはこぶしをにぎりしめ、頭のてっぺんは真っ赤に炭が燃えるバーベキューコンロみたいに熱くなった。二人がもう一言もあんなことを言えないように、ふり返って力いっぱい突き飛ばしてやりたい。

丘の上にたどり着いた。少しはなれたところにあるカシの木の下に、古びたベンチが見える。そこに、ひとりのおじさんがすわっていた。これまで何度もそこで見かけたことがある人だ。横には、ごみを山ほど積んだカートがある。いつもと同じで、ごみ箱から引っぱり出してきたみたいな古びた長い黒のコートを着て、黄色い毛糸の帽子をかぶっている。夏だっていうのに。その瞬間、いいことを思いついた！　これを実行すれば、ウィルもケイティも二度と、おれのことをとやかく言わなくなるだろう！

足を止めると、つられて二人も足を止めた。ウィルはぽかんとした顔でおれを見ている。ケイティは「え？　今度は何？」とでも言いたそうに、さっと片まゆを上げた。

おれは口を開いた。

「楽しいことしようか」

うなずいたウィルは、にっかりと笑った。ニワトリ小屋を見つけたキツネみたいだ。おれはベンチを指さして言った。

「あそこに、男の人がいるだろ？」

「カートのそばにいる人？」

ケイティがきいた。

「うん。ここはあんたの居場所（いばしょ）じゃないぞって、思い知らせてやろう」

「どうやって？」

ケイティはおれに身を寄（よ）せ、メガネをおし上げてささやいた。おれは二人が予想する時間をあたえてやろうと、二、三秒待ってからささやいた。

「帽子（ぼうし）を取って、おどかしてやる」

ウィルがきき返した。

「帽子（ぼうし）？」

「うん。いつもかぶってる、あの変な帽子（ぼうし）」

ケイティはにやりとした。いいアイデアだって、やっとわかったらしい。おれは言った。

「行くぞ」

ベンチに近づいていくと、男の人が眠っているのがわかった。白髪まじりの茶色いふわふわのあごひげが、胸に当てたまくらみたいにあごを支えている。汚れた毛糸の帽子は、サンタクロースの帽子みたいにかたむいている。色は赤じゃなくて黄色だけど。赤らんだ鼻で荒い寝息を立てている。指先の出る手袋をはめていて、その指はだれにも聞こえない楽器を演奏しているかのように、数秒ごとに動いている。

三人で目の前までたどり着くと、ウィルがささやいた。

「寝てるぞ！」

「なーんだ。どうする？」

ケイティが目を丸くしてきいてきた。おれはくちびるに指を当てると、忍び足でベンチの裏に回りこみ、男の人の後ろに立った。そして帽子の上に手をのばし、いつでもつかんで逃げ出せるよう、かまえた。

ウィルとケイティは、おれをじっと見つめている。ウィルは口をあんぐりと開け、ケイティの目は、水面に日が差した二つの丸いプールのようにかがやいている。

おれは二人がまばたきする間もなく、黄色い帽子をさっと取ると、きびすを返して逃げ出そうとした。ところがその瞬間、つめの汚れた大きな手に肩をつかまれた。

「何するんだ！」

男の人は立ち上がって声をはり上げ、おれを引き寄せた。おれはウィルのいる方へ帽子を投げた。思った通り、男の人はおれから手をはなし、帽子の飛んでいった方へかけていった。でもウィルが素早くキャッチした。

「返してほしいのか？」

ウィルはにやにやしながら、帽子をかかげた。そして男の人が帽子に手をのばした瞬間、笑いながらおれに投げてきた。おれはキャッチしたとたん、ケイティに投げ、ケイティはウィルへ。男の人はだれから帽子を取り返せばいいのかわからず、その場でぐるぐる回っている。しかし突然、立ち止まって、おれをまっすぐに見つめた。おれは、しわだらけの肌に囲まれた二つの小さな茶色い瞳を、じっと見つめ返した。

男の人は、おれを指さした。

「きみ、返しなさい！」

おれはにやりと笑った。

「は？　取り返してみれば？」

そして帽子を、黄色い毛糸のバスケットボールみたいに指先でくるくる回してみせた。

男の人は何秒か、ただ見ていることしかできずにいたけれど、突然、稲妻が落ちるように地面にしゃがみこんだ。そして勢いよく立ち上がり、おれに向かって手裏剣でも投げるかのように、手首をふり始めた。何かかたいものが顔に打ちつけてきた。

パン！　パン！　パン！

ウィルがさけんだ。

「うわっ！」

「ちょっと、やめてよ！」

ケイティもウィルと後ずさりながらさけんだ。脚にするどい痛みが走って、次はまた顔、それからてのひらにも。打ちつけてきた、するどく小さなかたいものをつかんで、やっとわかった。小石だ！

男の人は小石の弾丸を魔法使いのようにどんどん投げつけながら、どなった。

「帰れ！　もっとひどい目にあいたいのか？」

ウィルとケイティは小石のシャワーを浴びて「痛い！　痛い！」とさけびながら、丘をかけ下りていく。おれは帽子をつかんだまま、その場に踏みとどまろうとした。

「懲りない子だな！」

男の人はそう言うと、笑いながらいっそう素早く投げ始めた。気づいたときには、おれは帽子を落としていた。男の人が近づいてくる。やり返す方法が何もないことに、はっと気づいた。取っ組み合っても相手は体が大きいし、小石の武器まで持っている。

「覚えてろよ！」

おれはそうさけぶと、怒りで赤く熱くなった体で、ケイティとウィルの待つ方へと丘をかけ下りていった。

「やり返せるものなら、やってみろ！　まったく、とんでもない子だな！」

ふくらはぎに大きな石が命中した。

ケイティとウィルのところまでたどり着くと、人だかりができているのに気づいた。イヌを散歩させている人たちが、口をあんぐり開けたり、しかめっ面をしたりしてこっちを見ている。イヌまで同じ表情だ。

「行くぞ」

おれはそう言って、早足で公園の出口へ向かった。ウィルとケイティも、顔を見られないようにうつむきながらついてくる。おれも顔をかくした方がいいのはわかっていたけど、かくさなかった。ウィルの忍び笑いが聞こえて、ケイティのにやけた顔が見えたからだ。

また、おれを笑っているんだ。

おれは顔が熱くなるのを感じながら言った。

「何がおかしいんだよ」

ウィルは言った。

「すっかりやられちゃったな。あの人、よぼよぼなのに！」

ケイティも言った。

「そうそう。それにホームレスだよ？　やられるなんて、なさけないよね」

おれは言い返した。

「必ず仕返ししてやる。見てろよ」

「へえ、どうやって？」

ケイティが片まゆを上げてきいた。

どうやって？　それはわからない。今はまだ。

急いで公園から出ると、二人は家のある方へ、左の道を歩いていった。遠ざかっていく後ろ姿から、まだ忍び笑いが聞こえてくる。姿が見えなくなると、おれはふり返って、公園の柵ごしに丘のてっぺんに目をやった。あの男の人は黄色い帽子をかぶり、カートを押して平然と歩いている。友だちの目の前でおれに恥をかかせたのに、何事もなかったかのように。その姿を見て、決意した。必ず仕返ししてやる。小石爆弾の雨でも止められないくらいに、こてんぱんにやり返してやるんだ。

1番ホームのどろぼう

最悪な一日だったときは、家に帰ったらあとはただ、ひとりきりでゲームをしたい。でもその日の午後は、息つくひまもなかった。玄関のドアから入ったら、まだ何もしていないのに犯罪者みたいにリサにどなられたからだ。

「ヘクタアーーー！　帰ってきたの？　どうしてこんなにおそかったの！」

「さあね！」

おれは言い放って、ドアを勢いよく閉めた。そしてくつを脱ぎ捨て、二階の自分の部屋にかけ上がろうとしたけど、リサがキッチンからまた声をかけてきた。

「ヘラクレスがヘクターに作ってくれたものがあるの。ちょっと見にきてくれる？」

そんな気分じゃない。今はとにかく、仕返しの方法を考えたいんだ。でも見に行かなかったら、二階まで追いかけてくるだろう。

リサは弟のヘラクレスのベビーシッターで、おれにもいつも小言を言うから、家の中に口うるさい先生がいるみたいだ。本名はレスタリだけど、ヘラクレスが「リサ」って呼ぶから、家族もそう呼んでいる。おれはできるだけリサを、というか、家族みんなをさけて過ごしている。その方が楽だから。

「何？」

おれはキッチンのドアを開けた。グリルドチーズ・サインドイッチがたくさん乗った大皿のあるカウンターのそばに、リサと姉のヘレンが立っていて、ヘラクレスはイスにすわって絵をかいている。またラメを使ってるな。

ヘラクレスなんて名前、かわいそうだよな。入学したら、名前のせいでけんかを売られるだろう。だれだって、英雄ヘラクレスと同じ名前の子に出会ったら、けんかで打ち負かしてやりたいと思うはず。服についたラメを行く先々で落としていくくらいのことしかできない四歳の子が、こんな名前なんて。いつも、シリアルの箱やトイレにまでラメがついている。お父さんとお母さんは、古代ギリシャやローマの神々にまつわるどうでもいい神話が大好きだ。だからおれたちは、二人のお気に入りの神話にちなんだ名前をつけられるっていう人生の罰ゲームをくらったわけ。

ヘラクレスとおれは英雄、ヘレンはギリシャ神話の女性ヘレネーにちなんで名づけられた。ヘレネーは絶世の美女だったために、戦争の引き金になったらしい。でもニキビだらけの顔のヘレンが引き起こせるのは、車の衝突くらい。どこへ行ったって、一番の美女になんかなれない。ヘレンの部屋の中でさえ。そして有名な戦士だったヘラクレスは、レゴブロックを鼻の穴につめたり、人の手をなめたりなんか絶対にしなかったはずだ。おれはヘクターって名前だけど、英雄になんかなれっこない。だから三人とも、生まれながらにして呪われているんだ。

「ねえ、ヘプター、見て！」

ヘラクレスが、ぐちゃぐちゃな絵をかかげて言った。何がかいてあるのか、さっぱりわからない。

「それ何？」

いつになったらおれの名前をきちんと発音できるようになるんだろう？　ヘプターだなんて、げっぷの音みたいじゃないか。

「ヘクターの顔よ！　上手でしょ？」

リサが、まるで素敵なサプライズだとでもいうかのように答えた。おれはヘラクレスの茶色いまき毛とまんまるなほっぺたと、大きな茶色い目を見下ろして思った。どうしていつも、こんなに幸せそうな顔をしているんだろう？　泣くことも全然ない。おれはヘラクレスがうっとうしくなって押しのけることがあるけど、そんなとき、転んで尻もちをついても泣かない。ぐずりもせず、大人に言いつけもせず、今起きたことを覚えておこうとしているみたいな顔でおれを見て、さっと立ち上がる。

ヘレンが赤いニキビを引っかきながら、いぶかしそうに目を細めてきいた。

「どうしてズボンが汚れてるの？　またけんか？」

ヘレンは一三歳。おれと三歳しかちがわないのに、いつも偉そうだ。母親みたいな態度をするから、親じゃないだろってわからせてやる。親でもないのに指示される筋合いはない。そんなときはたいてい、「ニキビづら」って言ってやるだけで事足りる。ショックを受けて何も言えなくなるから。耳が大きいから「ダンボ」って言ってやるときもある。ヘレンは通っている学校では知られた優等生だから、お母さんとお父さんはおれにしょっちゅう、「どうしてヘレンみたいにできないの？」ときいてくる。ヘレンみたいになるくらいなら、グラスいっぱいのスライムを飲み干すほうがマシだ。ヘレンもそれをわかってる。

ズボンを見下ろすと、小石を投げられたせいで白っぽい汚れがあちこちについているのに気づいて、あわてて払い落とした。

「リサ、見て！　ズボンがすごく汚れてる！　絶対、けんかしてきたんだよ！」

「うるさい！」

おれはヘレンにどなると、いっそう力をこめて汚れをはたいた。リサは身をかがめておれのズボンを引っぱると、メガネを落とした探偵みたいに顔を近づけて、疑いの目で見た。

おれは見られないように、ぱっと足を引いた。

リサは首をふって舌打ちした。

「あら、本当！　ヘクター、またけんかしたの？　お母さんたちはなんて言うでしょうね！」

今日はもっと最悪な一日になるのか？　おれはしかめっ面でつぶやいた。

「気づかないよ」

うちの家族の一番いいところは、お母さんとお父さんがいつも留守なこと。仕事やパーティーに出かけてばかり。パーティーには、自分たちはかしこくて、カナッペを山ほど食べることで世界を救っているんだと思いこんでいる人たちが大勢やってくる。カナッペは小さいから、一〇〇個は食べないとお腹いっぱいにならない。

お母さんは地球環境を改善するためのチャリティー活動をしていて、有名人に協力を求めている姿がよくテレビのニュースで報道される。ミツバチが地球に大切だということを広めるために、ノルウェーの国王に会って、ノルウェー軍の人たちにミツバチのかっこうをしてもらったこともある。森林保護のために有名な歌手たちとデモをして、全員逮捕されたこともある。おれは恥ずかしいから、うちの親じゃありませんって顔をしているけど、学校じゅうにバレている。

お父さんは、いろんな人たちのドキュメンタリーを撮っている。お父さんいわく、「世界に忘れられた人たち」らしい。ギャングから逃げている人たちや、政府に家から追い出された人たちに身の上を語ってもらいながら撮影しているから、いつも家にいない。先週は新作の撮影でサンフランシスコ、今週はアムステルダムへ。お母さんはスコットランドのどこかへ、お城をチョウの園にするために出かけている。

何年か前までは、楽しそうな場所に行くときは、おれたちを連れていっていた。でも一度、おれがホテルの部屋で火事を起こしそうになったことがあって――わざとじゃないんだ！――、それ以来、二度と連れていってくれなくなった。家にいるときも、忙しくておれたちのことは全然、視界に入っていない。去年のクリスマスの日なんて、二人はほかの国へ行っていて、おれたちに電話するのさえ忘れていた。帰ってくると罪滅ぼしに、おれにはほしいゲームを全部、ヘレンには学校で使う新しいノートパソコンを、ヘラクレスには家三軒は丸ごとぬりつぶせそうな大量のラメを買ってくれた。

だから二人の代わりに、リサがいる。リサとヘレンがけんかのことを忘れてくれれば、お母さんたちの耳には入らない。

そのとき、カウンターの上の小さなテレビから、ヘレンの好きなポップ・ソングとともにコマーシャルが流れ始めた。ヘレンはテレビにかけ寄って夢中で見始めた。ヘラクレスはリサの手を、まるで新発売の棒付きキャンディみたいになめ始めたから、リサはヘラクレスにかまってやらざるを得なくなった。おれはにんまりした。二人の気がそれたから、お母さんたちにズボンが汚れた理由を問いつめられる心配はなくなった。

空腹を知らせるかのように、お腹がグーッと鳴った。リサが作っておいたグリルドチーズ・サンドイッチを一つ残らずつかんで、冷蔵庫に飲み物を取りに行く。サンドイッチとグラスいっぱいの炭酸ジュースがあれば、ゲームはもっと楽しくなる。

「ヘラクレス！　あなたって小さなゴッホね！」

リサが、ヘラクレスの頭のてっぺんにブチュッとキスしながら言った。ヘラクレスが生き生きとなぐりがきしている絵は、この世界のどんなものにも似ていない。

おれはフンと鼻を鳴らして言った。

「ゴッホになんか、ならないほうがいいよ。貧乏なまま死んじゃうよ？」

リサが顔をしかめて言った。

「ヘクターの言うことは聞かなくていいからね。絵を完成させてくれる？　わたしはヘレンの明日の校外学習のお弁当の準備をするから」

すると、テレビを見ていたヘレンがふり返って言った。

「お弁当はいらなくなったんだ。ブックトレイル、中止になったから」

「ブックテイルって何？」

ヘラクレスが、おれの肖像画に指でラメの円をかきながらきいた。

「ブックテイルじゃなくて、ブックトレイル。有名な本に出てくる場所に行って、そのあたりのことを調べて地図に印をつけるの。そしたら賞がもらえる」

説明するヘレンに、ヘラクレスは言った。

「ぼくも賞ほしい」

「わたしもほしかったのに、中止になったの。どろぼうのせいで！」

「どろぼう？」

リサがきいた。おれは冷蔵庫の中から炭酸ジュースをつかみ、冷凍室を開けてアイスを探している。ヘレンは言った。

「ニュース見てないの？　昨日の夜、パディントン駅のホームからパディントンベアが盗まれたんだよ！　わたしたち、明日はまずその駅に行くはずだったの」

「うそっ！」

リサはまるで自分が作った像が盗まれたかのように、ショックを受けた顔をしている。

ヘレンはうなずいて、イスごとぐるりと回転して言った。

「ほんと！　ウィルソン先生が言うには、『くまのパディントン』の作者についての説明が書いてある緑の記念板と『1番ホーム』の表示板も盗まれたんだって。で、壁いっぱいに何か秘密の記号がかかれてたって」

「記号？」

リサがたずねると、ヘレンは説明した。

「うん、ホームレスの人たちが使ってる秘密の記号だって。どの防犯カメラにもどろぼうの姿は映ってなかったらしいよ。セリーのお父さんは警察官で、なんでも知ってるから教えてくれたんだ。盗んだものは、闇取引で何百万ポンドもの値段で売るんだろうって。世界にパディントンの像は三つしかないから、すごく貴重らしいの。警察はほかの像も盗まれるかもしれないって警戒してて、それでブックトレイルは中止になっちゃったの。キングスクロス駅にあるハリー・ポッターのカートも見に行けなくなっちゃった。盗まれるかもしれないから」

ペンを三本、鼻の穴に差しこもうとしているヘラクレスを止めながら、リサは言った。

「そんなわけないのに。あそこにあるのはカートの半分だけでしょう？　そんなの盗んだって使い道もないし。ねえ、ヘラクレス？」

そしてヘラクレスにウインクした。ヘレンは肩をすくめて何か言おうとしたけど、ちょうどサンドイッチのあったところに手をのばして、なくなっていることに気づいた。おれは食べ物と飲み物を腕いっぱいにかかえて、急いでキッチンのドアに向かった。ヘレンがキンキンした声で言った。

「リサ！　ヘクターがサンドイッチ全部持ってってる！」

「ヘクタアーー！　みんなのためにたくさん作ったのよ。二つはもどして！」

おれはサンドイッチをべろんと全部、ひとなめした。

「うっわ！　どうしていっつも、そんなムカつくことするわけ？」

ヘレンはどなり、ヘラクレスはニコニコしている。おれがまたなめると、ヘラクレスはもっと楽しそうに笑った。ヘレンは顔をくしゃくしゃにしかめ、ニキビが大集結した。おれはにやにやして、その場で待った。あと何秒かしたら、ヘレンはパイプが破裂するみたいに怒りをぶちまけるはず。

リサがパンケースにかけ寄って言った。

「ヘレン、すぐに新しいのを作るからね。ヘクターにかまわなくていいのよ！」

おれは笑いながらキッチンのドアを足でけり開け、二階へとかけ上がった。そして自分の部屋に入りドアを閉めると、パソコンのスイッチを入れ、起動するまでの間にサンドイッチをたいらげた。早く新しい世界を侵略したい。「征服するヒーロー」シリーズは間違いなく、これまで発明されたなかで最高のゲームだ。ほかのプレイヤーの武器をうばい、土地や世界を侵略し、支配し統治していくのは難しいけどおもしろい。戦闘はこれまでプレイしたどんなゲームよりも過酷だ。それぞれちがう世界がたくさんあって、敵のタイプもさまざまだから。

あと四回、侵略に成功すれば、ユニバース４の最終レベルをクリアして、チャンピオンになれる。そのレベルに到達しているのは、学校でおれだけだ。高等部の生徒さえ、だれも到達していない。

ゲームが起動するのを待つ間、さっきヘレンが言っていた目撃者のいないどろぼうのこと、そしてキングスクロス駅の半分だけのカートのことを思い出していた。

そしてゲームのスタート画面が表示された瞬間、思いついた！　公園にいるあの男の人に仕返しする、一番いい方法を。どろぼうにアイデアをもらったぞ！　あのどろぼうと同じように、おれが犯人だとだれにも気づかれないように、ものを消すんだ。校長先生が言うように、おれはやっかい者なんだとしたら、世界一のやっかい者になってやる。

4 暴走（ぼうそう）するカート

次の日はとりわけ日差しが強くて暑く、コンクリートの校庭は光を反射（はんしゃ）する石の砂漠（さばく）みたいで、足が重く感じた。

朝の始業前、ウィルはいつもの場所で待っていて、でも口数が少なかった。おれのせいで、ホームレスの人に公園から追い出されたのが不満なんだろう。たぶんケイティも。二人をあっと言わせるプランを考えついてよかった！　二人そろっているときにプランを伝えたいけど、ケイティは遅刻（ちこく）の常習犯（じょうしゅうはん）だから、一時間目の休み時間まで待たなくちゃいけない。

校舎（こうしゃ）の壁（かべ）に寄（よ）りかかって、始業のベルが鳴るのを待っていると、ウィルが何もない地面をけって口を開いた。

「あのさ……昨日のどろぼうの話、聞いた？」

先に話しかけてくれてよかった。

「うん。でも童話に出てくるクマの像なんか、盗まれたってべつにいいよな」

するとウィルは首をふった。

「それじゃなくて。パディントンベアの像が盗まれたのは最初の事件。昨日の夜、また盗まれたんだ。セルフリッジズっていう高級デパートがあるだろ？　今度は、あそこにあった天使の像」

ランディが父親の後ろにかくれながら校門を入ってくるのが見える。おれたちがいつもお菓子をまき上げる下級生だ。おれは、「そこにいるのはバレてるぞ。かくれた罰に、後でチョコレートバーを三本よこせ」と目線でじーっと伝えた。

ウィルは続けた。

「セルフリッジズの前に大きな女王の像があってさ。羽のある女王で、片手に小さな天使を乗せてるんだけど、その天使が盗まれたんだ。うちの母さん、ずっとその話ばっかりしてたよ。今頃、街じゅうのデパートがおびえてるだろうって。どの店にも像が置いてあるから」

おれはあんまり聞いていなかった。視線でランディをおどすのにいそがしかったから。

「でさ、母さんが言うには、どろぼうは黄色いスプレーで記号を残してたらしいんだ。参上したぞってアピールするみたいに。かっこいいよな……それに像は純金でできてるんだ。もしおれがどろぼうだったら、粉々にくだいて売りさばいて、車を五〇台とか買ってさ、一日じゅう、カーレースして遊ぶよ。ん？　それなんだ？」

おれは足元のリュックサックを見下ろした。ヘラクレスのおもちゃの中にあった、怪盗風のアイマスクがのぞいている。

「べつに」

おれはアイマスクと黒いパーカーを、リュックサックの奥に押しこんだ。そしてウィルがまた何かきいてくる前に、ファスナーを閉めて話題を変えた。

「なあ、あそこにラビニアがいるぞ。小銭もらいに行こうか」

ウィルはうなずいて、おれの視線の先を追った。ラビニアは街灯の柱にさえすっぽりかくれられるくらい、やせている。ウィルの視線がラビニアにたどり着くと、おれたちはリュックサックを手に追いかけた。でもごみ箱の後ろにかくれようとしているラビニアに追いついたとき、始業のベルが鳴り、みんなは校舎の入り口へと急いだ。ラビニアからは、何もうばえずじまい。

最後に校舎（こうしゃ）に入ろうと、列の一番後ろにならびながら、ウィルが言った。

「なあ、ヘクター。あのホームレスに今日、仕返しに行くか？　ランチの時間にみんなのトレーから残り物を集めておいて、投げつけに行くってのはどうだ？」

「もっといい方法がある。まあ、後でわかるさ」

教室に入って、席に着いた。ウィルの席はおれの席から見て、教室の反対側だ。ベルガラ先生は、おれとウィルとケイティを決して近くにすわらせようとしない。だからおれはラジェシュのとなりにすわらなくちゃならないんだ。ラジェシュはおれをこわがって、ただただ目を見開いて見つめてくる。そして前の席にはメイ・リー。ポニーテールがゆれるのが目に入るたびに、イライラする。

「さあ、みなさん！　宿題を出してください」

先生が手をたたいた。メイ・リーが急いでリュックサックのファスナーを開き、宿題のノートを取り出すのが見える。メイ・リーのノートはつやつやの包装紙（ほうそうし）でカバーをかけてあって、整った文字でタイトルが書かれている。きれいに貼（は）られたシールが、教室の照明の下で四角いトロフィーのように燦然（さんぜん）とかがやいている。それを見ていたら、ポニーテールを思いっきり引っぱってやりたくなった。

おれはリュックサックを閉じたまま。開ける必要がないから。提出する宿題なんてないし、中に入っているアイマスクとパーカーをだれにも見られたくない。

「ヘクタアーー？」

先生が目の前で片手を差し出し、提出するようにうながしてきた。クラス全員がふり返って、おれを見ている。おれはにんまりした。

「宿題を出して。どこにあるんですか？」

先生にきかれ、おれは肩をすくめて答えた。

「ネコに食べられました」

教室の反対側から、ウィルの忍び笑いが聞こえてくる。でもウィルは小心者だから、さっき宿題を提出しているのが見えた。

先生は差し出していた手を下ろし、首をかしげた。

「本当に？　ネコに宿題を食べられたんですか？　また？　そのネコ、チューダー朝時代がテーマの宿題がよっぽど好物なんですねえ」

「そうなんです。たぶん、チューダーをツナと勘違いしてるんだと思います」

後ろの方の席でケイティがくすくす笑っているのが聞こえる。先生がおれにかまっているおかげで、遅刻がばれずに教室にもぐりこめたんだろう。

先生の茶色い肌が、さっと赤くなった。

「立ちなさい。この後のことはわかっているでしょう？　さあ、行って！　今日はもう、がまんの限界です」

この後のことはわかっていたから、リュックサックをつかんで立ち上がり、教室の出口へ向かった。「この後」。それはつまり、校長室の前の長イスにすわって、校長先生がおれに説教をする時間ができるまで待っていて、説教が終わったら教室へもどり、その間に授業を受けられなかったことで先生から怒られるというお決まりのコース。おれは入学初日から、このコースをくり返してきた。でも、どうってことない。長イスにすわって、みんなが階段を行ったり来たりしているのを見ていればいいんだから。校長先生が忙しくて、秘書のファーガソンさんもいないときは、通りかかったやつらをおどしたりもできる。一度なんか、そこにすわっている間にチョコレートバーを三つ手に入れたこともあった。

でも今日は、だれにちょっかいを出そうかと廊下に目を光らせるんじゃなく、べつのことに時間を使うことにした。長イスにすわったおれは、リュックサックからまだ半分しか使っていない宿題のノートを取り出すと、裏表紙にマンガをかき始めた。ホームレスの人への仕返しの方法をかいたマンガだ。

計画をわかりやすく三コマに分けてかき終えた。早く教室にもどりたかったけど、校長先生のお説教はなかなか始まらず、一時間目の休み時間は逃してしまい、やっと解放されたのはランチの時間だった。たぶん、児童を飢えさせるのは法律で禁止されているから、その時間には解放しないとまずかったんだろう。たとえおれみたいな悪い児童でも。

食堂でウィルとケイティを見つけると、計画を伝えた。

「すごいね！　あの男の人、きっと大泣きするよ！」とケイティ。

「だな、号泣だよ！」とウィル。

ケイティは言った。

「絶対にはやく走らなくちゃね。猛スピードで。だって、のろくて追いつかれたら、とんでもなーくやっかいなことになるよ。アイマスクをしてても」

そして前のめりになり、メガネの奥からおれをじっと見つめた。金魚鉢の中から見つめてくる金魚の目みたいだ。おれはムッとして言った。

「つかまるもんか。見てろよ！」

あんまり腹が立ったから、ケイティがほかのテーブルからくすねてきたピザを一口も食べる気にならなかった。おれは二人が思っているより足が速くて頭がいいってことを、早く証明してやりたい！　二人に、いや、みんなに見せつけてやるんだ！　また居残りになって足止めされないように、それから午後の授業の間はずっとおとなしくして、ただただ下校のベルが鳴るのを待っていた。

　ベルガラ先生がみんなに、どうでもいい質問を三二四個以上してきて、それをしんぼう強く聞いていると、ようやくベルが鳴って、先生は「帰っていいですよ」と言った。おれはだれよりも早く勢いよく立ち上がると、ウィルとケイティに「行くぞ！」と声をかけ、教室のドアから出て、だれもいない廊下を走っていった。どの教室も、今から人が出てくるところだ。いつもならわざと押したりぶつかったりしながら歩くけど、今日はすごく急いでいるから。

　おれを先頭に、ケイティとウィルと三人で校庭をぬけ、校門を出て大通りをわたった。そして公園の大きな緑の門までたどり着くと、足をゆるめた。

「見張ってて！」

　おれはリュックサックを地面にどさっと下ろすと、パーカーとヘラクレスのアイマスクを取り出した。そして急いでパーカーを着ると、アイマスクのゴムバンドを頭にはめて穴の部分をぴったりと目に合わせ、最後にパーカーのフードをかぶった。マンガにかいた計画通りだ。

ウィルが言った。

「わあ、かっこいいな！　怪傑ゾロみたい……帽子じゃなくてフードだけど」

ケイティは何も言わなかったけど、かっこいいと思っている顔だ。おれがリュックサックを背負ってニッと笑うと、二人も笑い返してきた。おれと同じくらい、わくわくしているんだ。

丘の上のカシの木と、男の人がいつもいるベンチへ向かいながら言った。

「途中までのぼって、いるかどうか確かめてこよう。おれがだれにも見られないように、前を歩いてよ」

丘を半分までのぼったところで、ウィルがまゆをひそめた。

「どこにいるんだ？」

ベンチに目をやると、カートはいつものようにベンチの横にあるけど、男の人はどこにも見当たらない。

おれはマスクの下でほくそえんだ。それなら計画を実行するのはかんたんだ！　男の人はいなくてカートだけある。しかも公園にはおれたち以外、だれもいない。うるさいイヌ一匹さえ！　ついに天が味方したんだ。

「ここにいて」

　だれにもじゃまされないなんてラッキーだな。おれはフードを目深にかぶりなおすと、カートに向かって全速力で丘をかけ上がっていき、ハンドルをつかんだ。「うーん」と声を出して力をこめながらカートを押し、丘の反対側のふもとへ、曲がりくねった道を下りていった。急いで押していったけど、カートは思っていたよりずっと重く、車輪は使い古されてガタガタしていて、今にも脱輪しそうだ。

「おい、何してるんだ！」

　ふり返ると、あの男の人がベンチの後ろの木のところからかけ下りてくるところだった。片手にはしわくちゃの茶色いカバン、もう片方の手には食べかけのサンドイッチを持って、白い食べかすが、あごひげから霰のようにこぼれ落ちている。

　おれの胃は、バンジージャンプしようと勝手に決意したみたいに、お腹から飛び出そうになった。おれはいっそう足を速めて、道に沿ってカートを押していった。でもカートはまるで意志を持ったかのように、あちこち向きを変えてまっすぐに進もうとしない。

男の人はまだ追いかけてきて、その声がどんどん大きくせまってくる。仕方がない。もうカートは手離して、公園の出口へダッシュしよう。でも、なんとかそうしようとするのに、指が開かない。カートを押していたはずが、いつの間にかカートに引っぱられている。足がもつれ、引きずられて地面をこする。足を地面から離し、車輪のわくに乗せてバランスを取ろうとした。でも、わくは小さくて足が乗らない。そのとき、目の前にイヌを連れた女の人と……ベビーカーを押す男の人と……ボールをける子どもの姿が！

おれは「どいて！」とさけぼうとした。でも口から出てきたのは、

「ど！　ど！　どーー！」

「まあ！」とイヌを連れた女の人。

「気をつけろ！」とベビーカーを押す男の人。

「うわっ！」とボールをけり上げて飛びのく子ども。

「ど、どいてー！」

おれがさけぶなか、カートはガタガタと音を立てて、勝手にローラーコースターのように丘をかけ下りていった。外れたフードを左手でかぶりなおそうともたもたしていると、右手がハンドルから外れた。何が起きたかわからないうちに、カートは手を離れていき、

おれは地面につっぷした。

カートは大きな銀の弾丸のように、ガタガタと地面にぶつかり、飛びはねながら丘を転げ落ちていく。立ち上がったおれは、ぼうぜんと見ていた。カートの車輪は道を外れ、池へとまっすぐに転がっていく。

「カート！　だれか、止めてください！」

ホームレスの男の人はさけびながら、おれの横を通りすぎて丘の芝生の上をかけぬけていき、カートをつかまえようとした。でもカートはあまりに速く、周りの人たちもあっけにとられて、どうすることもできない。カートは透明な羽でも生えたかのように宙に舞い上がると……。

バシャーン！

大きな水しぶきを上げて、池の真ん中に落ちた。

おれはただ、カートがどんどん深く沈んでいくのを見つめていた。積まれていた新聞やビニール袋が、巨大で透明なアヒルに投げられた特大のカラフルなパンくずみたいに、浮かんでゆれている。それも全部沈んで見えなくなったとき、男の人はようやく池の岸にたどり着き、よろよろと立ち止まった。そして一瞬、まだなんとかカートをつかまえられるんじゃないかと思っているかのように両腕をのばし、しばらくすると、だらりと下ろした。黄色い帽子をぬいだその人の肩が、ふるえ始めた。泣いているんだ。

「なんてことをしたの……」

後ろから声が聞こえてふり返ると、メイ・リーがいた。おれはゆっくりと両手を持ち上げ、自分の顔にふれた。でも、そこにあるはずのアイマスクがない。カートに体をふりはらわれてたおれたときに、外れたんだろう。

メイ・リーに言ってやりたかった――「あっちに行けよ。お前には関係ないだろ。だれかに告げ口したら、地の果てまで追いつめてやる」。でも口を開こうとしたとき、さっきのイヌを連れた女の人が声をはり上げた。

「ほら、あの子よ！」

そして、猛スピードでおれの方へかけてきた。

おれはメイ・リーを、次に女の人とイヌを見て、全速力で逃げ出した。

◯ かわいい子は二人だけ

「いやー、最高だったな！」

公園の門の外から、ケイティと待っていたウィルが声をはり上げてきた。

イヌを連れた女の人がまだ追いかけてくるかもしれないと思ったおれは、二人に「立ち止まるな」と合図した。そして三人で通りをかけていった。ようやく立ち止まったときには、肺がバクバクして胸から飛び出しそうだった。息を整えながら後ろをふり返ると、だれの姿もなかった。

ケイティが笑いながら息を整えて言った。

「はー！　はー！　あの顔！　水しぶき、すごかったね！　それにヘクターが、あっちこっちにドタバタしてさあ」

「すごく速くて、ロード・ランナーの足みたいだったな」

アニメに出てくる、足を高速回転させて走る鳥、ロード・ランナーのまねをしながらウィルが言った。

おれはにっこりしたけど、笑いはしなかった。計画は失敗だ。カートを池に沈めるなんて、計画になかった。ただカートを木の後ろにかくして、載せてあったものをいくつかこっそり取り出して、なかなか見つからないようにしてやろうと思っていただけだ。それに、だれにも顔を見られずに姿を消すつもりだった。像を盗んだどろぼうのように。だからフードをかぶってアイマスクをつけたのに、何もかも失敗だ！

でもウィルとケイティの前で、また負け犬の気分になるのは嫌だった。だから、カートを池に沈めたのは計画通りだったというふりをして言った。

「だろ？　あの人、こんな仕返しをされるなんて思ってもいなかっただろうな。しばらくは公園にもどってこないだろうさ！」

「伝説になるな、ヘクター！」

ウィルは家のそばまで来たから、腕でおれをぐいっと押すと去っていった。そしてふり返り、敬礼をして言った。

「これを超えられるやつは、世界にだれもいないぞ！　あのベンチはおれたちのものだ。

みんなが思い知るように、そう書いたプレートをつけとかなくちゃいけないな！」

ケイティも家のある方へ向かいながら言った。

「今日のこと、早く学校じゅうに広まればいいな。明日は時間通りに登校して、うわさして回ろうっと！」

二人が行ってしまうと、おれは公園のそばを通りたくなくて、遠回りをして家に帰った。今ごろ、あのイヌを連れた女の人が警察を呼んでいるかもしれない。顔をしっかり見られてしまった。メイ・リーもおれのしわざだと知っている。必ず告げ口するだろう。おれが嫌っているのと同じくらい、メイ・リーもおれを嫌っているから。そして警察はアイマスクを見つけてＤＮＡ鑑定して、学校におれを逮捕しに来て……おれはニュースで報じられて牢屋に入れられて、ひょっとすると警察の歴史に名を残す十大凶悪犯になるのかも……。

家に着くと、二階にかけ上がってパーカーをぬいだ。

「ヘクタアーー！　帰ってきたのか？」

お父さんだ！　あれっ、アムステルダム出張から帰ってくるのは明日だったはずだぞ？

おれはあわててリュックサックを机の下にけりこみ、パーカーを衣装だんすの奥に押しこんだ。

「ヘクタアーーー！　下りておいで、早く！」

お父さんが呼んでいる。スタジオに呼ばれるのは決まって、怒られるときだ。スタジオにいくつもあるテレビが、どれもニュースを流しているのがここまで聞こえてくる。まずい。お父さんは怒ると必ずニュース番組をつけるんだ。

おそろしい考えがぐるぐるとうずまいた。ひょっとして、おれのしでかしたことを報じる生中継の最中だったら？　カートが池に飛びこむなんていう、とんでもないことが起きたんだから、ニュースになるはずだ。だれかがスマートフォンで撮影して、テレビ局に動画を送ったのかも。

おれはおそるおそる階段を下り、スタジオの開いているドアのはしに立った。キッチンのドアは閉まっていて、その向こうでヘレンとヘラクレスとリサが何かおしゃべりして笑い合っているのが聞こえてくる。お母さんは帰ってきていない。どうしてわかるかというと、帰ってきていたら、くつがおどり場に、見捨てられた兵士みたいに散乱しているはずだから。スタジオではお父さんと二人きりになるってことだ。

「おいで」革張りのイスにすわったお父さんに声をかけられ、おれは一歩、足をふみ入れた。「ドアを閉めて」

メガネが鼻のてっぺんに乗っかっている。お父さんはいつもメガネをこんなふうにかけるから、まるでメガネが崖っぷちでバランスを取りながら、飛ぼうかどうしようか迷っているみたいに見える。

おれはドアを閉めてうつむき、足元を見ていた。お父さんがおれをスタジオに入れるのは、怒っているときだけだ。いつもは中のものをいじられると困るからと、入れようとしない。有名なドキュメンタリー制作者たちについての本が山積みになっていて、窓ぎわには書類でうめつくされたテーブルがある。いろんな人の顔が載ったモノクロのポスターが壁じゅうに貼ってあるけど、だれの顔なのか名前を教えてもらったことはない。机の上の壁だけはポスターはなく、大きなテレビが二台かかっている。

「何か言うことはないか？」

お父さんはイスにすわったまま、おれを見つめてきいた。おれは目をふせたまま、首を横にふった。ホームレスの人のカートを池に沈めたことを、どうしてもう知っているんだろう？　罰として何年、外出禁止になるんだろう？

「ベルガラ先生から電話をいただいたが、ひどく気分を害してらっしゃったよ。当然だな」

おれは心臓が止まりそうになって、視線を上げた。ベルガラ先生？　どうしてこんなに早く先生の耳に入ったんだ？　ひょっとして本当にテレビで報道されてるの？　そう思って、テレビを見上げた。でも画面に見えるのは、灰色のスーツを着た女の人と、気象予報士の男の人、それに二人の間に映し出されたグラフだけだ。

お父さんは足を組んでつづけた。

「先生はメールで画像も送ってくださったよ。お前がかいた絵を。お前は謝りもしなかったそうじゃないか」

その瞬間、やっとわかった。お父さんが話しているのはカートのことじゃないんだ！　あんなことがあったから、ベルガラ先生に昨日取り上げられた絵のことは、すっかり忘れていた。おれがかいたんじゃないのに！

「でも、おれじゃないよ」

「じゃあ、食堂のスープにゴムのヘビを入れたのも、お前じゃないのか？」

お父さんは片方のまゆを上げて、静かにたずねた。

「それはおれだけど……」

お父さんは右のてのひらを、さっとおれに向けて言った。

「言い訳はいい。口は開かず、文字にしなさい。手紙を書くんだ」

「げっ！　ベルガラ先生に手紙なんか書きたくないよ！　みんなにラブレターだってかんちがいされちゃう」

「お前が先生にプロポーズしたと思われようと、どうでもいい。きちんと書いて、明日の朝一番に、クラスのみんなの前でわたすんだ。それとも一か月間、外出禁止になって、大好きなスケートボードとゲームを没収されたいか？」

　やっていないんだから、絶対に謝らないぞ。ベルガラ先生も校長先生も、おれを嫌うやつらはみんな、どこかへ行ってしまえばいいんだ。そう言おうと口を開いたけど、一言も言う間もなく、お父さんはため息をついて立ち上がり、おれの両肩に手を置いて首をふりながら言った。

「どうしてヘレンを見習えないんだ？　自分がどれだけ幸運か、わかっているのか？　屋根のある家に住めて、必要なものは親に何でも買ってもらえて。世の中には、毎晩泊まれる家が手に入るなら、どんなことをしてもいいと思っている人たちがいるのを知っているか？　知らないだろう。今度一緒に来て、お父さんが今、撮影している人たちに会ってみなさい。持ち物は何もなく、道の片すみで寝泊まりし、何日も食べるものがなくお腹をすかせている人たちだ。それなのにお前は、何もかも無駄(むだ)にしている」

自分の顔が真っ赤になっていくのがわかった。お父さんの新しいドキュメンタリーがホームレスの人たちを取り上げたものだなんて。ここでもホームレスの話がつきまとうなんて。耳の中で、花火が上がる前のシューッという着火音のようなざわめきが始まった。

お父さんは、おれの後ろに視線(しせん)をうつして言った。

「ほら、見てごらん」

そしておれに後ろを向かせると、右のテレビを指さし、机(つくえ)の上のリモコンを手に取ってボリュームを上げた。

大きな拍手(はくしゅ)の音が部屋に鳴りひびいた。画面では、灰色(はいいろ)のまき毛で背(せ)の高いやせた男の人が、小指の指輪と同じくらいかがやく真っ白な歯を見せて、満面の笑(え)みを浮(う)かべている。そしてあざやかなオレンジ色のカーディガンを着た小柄(こがら)な女の人に、大きな小切手をわたしている。女の人の後ろにはロンドン市長がいて、上品に拍手(はくしゅ)している。市長のポスターはあちこちで見たことがある。ロンドンをよりよい街にすると宣言(せんげん)するポスターだ。テレビ画面の下に、テロップが出ていた。

ネズビット卿　ベインブリッジ市長の新条例を支持し、セント・オールバンズのホームレス用シェルターに五〇〇万ポンドを寄付

「こういう人を目標にするんだ」肩に乗せられたお父さんの手に、どんどん力が入る。「自分の持っているものを、世界をよりよくするために分けあたえようとする人だ。世界を悪くするんじゃなく」

おれの持っているゲームや、はき古した二一・五センチのスニーカーを分けあたえたところで、世界がどうよくなるんだよ、と言いたかったけどだまっていた。まだだれにもカートの件はバレていないのに、もうこんなにめんどうな状態なんだから、余計なことを言ってこれ以上めんどうなことになりたくない。

おれは、画面の中でネズビット卿と市長がオレンジ色のカーディガンの女の人を押しやって、ほこらしげにあく手するのを見ていた。

お父さんはテレビを消すと、メガネを外して鼻の頭を指ではさんだ。お説教が終わりに近づいてきたサインだ。

「お茶の後、手紙を書いて見せなさい。明日の夜、先生に電話して、手紙を受け取ったか

どうか確認するからな。わかったか？」

おれは返事をしなかった。やっていないのに、おわびの手紙を書くつもりはない。

「わかったか？」

お父さんの声が大きくなる。おれは軽くうなずくと、背中の後ろで指をクロスさせた。うそをつくときのおまじないだ。

そのとき、ヘラクレスがスタジオに飛びこんできて、お父さんの片足にぎゅっと抱きついた。

「パパ！　遊ぼう！」

お父さんはにっこりして、おれをふり返りもせず、ヘラクレスに引っぱられて廊下に出ていった。おれはスタジオに立ちつくしていた。壁を思い切りけって、家ごとたおしてやりたい。

あの変な絵をかいたのはおれじゃないのに、その事実には、だれも興味はないんだ。あのとき、ホテルの部屋に火をつけるつもりはなかったのに、その事実にもだれも興味はない。これまで、いろんなやっかい事を引き起こしてしまったとき、そんなつもりはなかったって事実には、だれも興味はない。真実とは関係なく、すぐにおれが悪いと決めつけられる。

イヌを連れていた女の人も、ホームレスの人も、メイ・リーも、おれのことを警察に言いつければいい。お父さんは、おれがとんでもないことをしでかせる人間だと思い知るだろう！　どんな顔をするか見てみたい。お父さんが外でホームレスの人たちのくだらないドキュメンタリーを撮影している間、おれはその人たちの持ち物を池に投げ入れてたんだから。

「ヘプター！　こっち来て！」

ヘラクレスが飛びはねながらもどってきた。行きたくないけど、しつこく腕を引っぱってくる。

「パパが早く帰ってきたお祝いに、リサがパンケーキを作ってくれたんだよ」

そう言っておれをキッチンに連れていくと、お父さんのひざの上にすわった。キッチンで食べるのは嫌だけど、お母さんかお父さんが家にいるときは、家族そろって食事するのが暗黙のルールだ。

リサは大皿に焼き立てのパンケーキを載せて、テーブルの真ん中に置いた。ピーナッツバターとバナナがトッピングしてある。いいにおいに、お腹が鳴った。

「ありがとう、リサ。で、ヘレン、どうしてブックトレイルが中止になったんだ？」

お父さんは、ヘラクレスのグラスに牛乳をなみなみと注ぎながらきいた。ヘレンはパンケーキを大急ぎで飲みこんでいる。大事なことを言うために、一秒でも早く口の中をからっぽにしたいんだ。

「パディントンベアが盗まれたの！」

おれは身を乗り出して、大きなパンケーキを三つ取った。ヘレンは早口でつづけた。

「それで、大きな駅にある像は全部、盗まれないように警察が板で囲うことになったから、どの学校のブックトレイルも中止になったの。ブックトレイルではあちこちで、行った証明に用紙にサインしてもらうはずだったのに、できなくなったから、ウェールズ公爵のバッジももらえなくなっちゃった」

「ひどいな」

おれはつぶやいた。同情してるんじゃなくて、どうでもよすぎて、話のつまらなさっぷりがひどいなって意味。おれがパンケーキをあと二つ取ると、ヘラクレスもまねして二つ取った。おれはヘラクレスにほほえんでウインクした。

お父さんは言った。

「ああ、年とったパディントンベアがかわいそうな目にあった話は聞いたよ。セルフリッジズの金の天使の話もね。どうしてそんなものを盗んだんだろうな」

するとヘレンが、しゃくにさわる知ったかぶりの声で言った。

「どろぼうは、ホームレスの人たちにしかわからない特別な記号を残していったって、ニュースで言ってた。黄色い塗料で。セリーのお父さんが、ホームレスが盗んだ確実な証拠だって言ってたらしいよ。お父さん、記号のこと知ってる？　セリーに、うちのお父さんならホームレスのドキュメンタリーを撮ってるから知ってるはずって言っといたんだ」

お父さんはほほえんで、メガネを鼻の先にずり下げた。自分が撮った大事なドキュメンタリーにヘレンがうざいくらい興味津々の感じを見せると、お父さんはこんなふうにうれしそうにする。おれはお父さんがドキュメンタリー映画の話をしても、聞こうとは思わない。だって映画館でやっているようなおもしろい映画じゃないから。悲しい音楽とともに、無名の人たちがたくさん出てきて語り始める。でも今日は、おれも話を聞くことにした。黄色い記号のことが知りたかったから。

お父さんは言った。

「ホームレスの人たちは、壁や橋に秘密の記号をかくことがあるんだ。その場所が安全か危険か、そのエリアの人たちは手を差しのべてくれるタイプか警察を呼ぶタイプか、そういうことをほかのホームレスに知らせるためにね。しかし、今回のどろぼうがホームレスだったとして、秘密の記号を人目に触れるようにするなんて妙だな……ルール違反のはずだ」そしてイスにもたれた。「知ってるか？　ジョージ・オーウェルは――」

お父さんがいつものように、聞いたこともない人の話を始めたから、おれはパンケーキの最後の一口を飲みこんで牛乳に手をのばした。でも飲みこむ音が大きかったから、お父さんは話を中断して、首をふりふり言った。

「ヘクタアー！　まったく、どうして行儀よく食べられないんだ？」

「ほんと、動物みたい！」

ヘレンはまるでイギリスの次の女王になる練習でもしているかのように、パンケーキを一切れ、上品ぶって口に運びながら言った。

そのとき廊下の向こうから、お母さんの歌うような声が聞こえてきた。

「ハーイ、かわいこちゃんたち！」

「ママー！」

ヘラクレスが、お父さんのひざから飛びおりてさけんだ。お母さんはキッチンのドアを勢いよく開け、ヘラクレスとヘレンの頭のてっぺんにキスをすると、キッチンを見回してきいた。

「なんの話をしていたの？」そしてパンケーキがあるのに気づくと、コートをぬぎ捨ててて皿を手に取った。「リサ、あなたって最高ね！　今日はもう、本当に大変な日だったの！　ひょっとして、ケトルでお湯もわかしておいてくれたの？　それと、ヘクター！　校長先生からまた不在着信があったのよ。ねえ、一秒でいいからトラブルを起こさずにいてほしいって、あなたにお願いするのは難しいことなの？」

するとお父さんが言った。

「そのことならもう大丈夫だよ、レオノラ。さっき話をしたから。ヘクターはパンケーキをたいらげたら、ベルガラ先生におわびの手紙を書くんだ」

鼻で笑ったヘレンを、おれはじろりとにらんだ。そして思った。家に帰ってくる直前に、ホームレスの人のカートを池の底に沈めたって知ったら、みんなどんな反応をするだろう？　おどろかないかもしれない。おれがやっかい者だっていうのは、学校のみんなだけでなく家族も知っているし。家族が、おれなんかいない方がいいって思っているのも知っている。

おれは立ち上がって、二階の自分の部屋にもどった。そして部屋のドアをバタンと勢いよく閉めると、パソコンのスイッチを入れてヘッドホンをつけた。そして一階のみんなのことや、書くつもりのない手紙のこと、街じゅうで話題になっているホームレスのどろぼうのこと、メイ・リーが今この瞬間にも警察におれのことを告げ口しているかもしれないという事実を、ゲームの効果音で頭から追い出した。そしてゲームの中で新しい世界に入ると、あのホームレスの人をなんとか頭から追い出そうとした。おれのおかげで、ガラクタを山積みにしたカートがそばからなくなってすっきりしたベンチで寝ているだろう、あの人のことを。

見つめるスパイ

その夜、お父さんに見張られながら、ベルガラ先生への手紙を書いた。たった三行しか書けなかったけど、それだけでも嫌すぎて吐きそうになった。だから次の日、学校に出かける前にその手紙は捨てて、こっそり書いておいたべつの手紙をポケットに入れた。

いつもは公園の中を突っ切って近道するけど、今日は遠回りしようと思った。でも公園の門のところまで来たら、気が変わった。ホームレスの人があのベンチにまだいるのか、それともおれのせいで二度ともどってこなくなったのか、確かめたくなったんだ。自分の姿をあの人にも、ひょっとしたらいるかもしれない警察にも見られたくなかったから、中の道は通らずに木々の間をすりぬけていった。

ベンチに近づいていくと、あの人はいないのがわかった。いつもクッション代わりにしている汚れた赤い寝袋もない。そこには高校生が二人すわっていて、手をつなぎ、笑いながらおしゃべりしている。警察もいない。

おれは勝ったんだ。あのホームレスの人は、おれをすっかりこわがっていなくなった。ウィルの言った通り、ベンチはおれたちのものになったんだ！

こぶしを宙にふり上げて、勝利の雄たけびを上げた。イチャイチャしていた高校生たちは、おれにおびえて立ち上がり、去っていった。早くウィルとケイティに、やったぞって知らせたい。ちょっと計画通りじゃなかったけど、まあいいや。もうおれの勢いは止められない。


公園を出て、学校へとつづく大通りに出ると、突き当たりのスイーツショップへ向かった。スイーツショップは学校の近くにこの店しかないから、いつもにぎわっている。店名は「マキューアンズ・スイーツ」だけど、店に立っているマキューアン夫妻は、史上最もこわくて厳しいスイーツショップ経営者だ。一度に店に入っていい子どもの数は四人以内と決まっていて、だれかがしのびこんで五人にならないかと、夫妻はドアに目を光らせている。客全員を、武器を持ったどろぼうなんじゃないかと疑っているみたいだ。大人の客さえも。疑り深い目でじろじろ見つめてくるから、小さい子たちはおびえて、何も買わずに店を飛び出していくこともある。

おれはみんなからお菓子を取り上げて間に合っているから、この店に入ることはめったにない。去年はたくさん取り上げたから、大きな箱に入れてベッドの下に保管している。それを知っているのは、掃除に来てくれるベアトリスさんとヘラクレスだけだ。リサも気づいているとは思うけど、何も言ってこない。ヘラクレスは口がかたいから、おれの好みじゃないお菓子ならどれでも食べていいよと言ってある。

今日はホームレスの人に勝ったお祝いをしたい気分だったから、マキューアンズ・スイーツの前にだれかいないか、立ち寄ってみることにした。だれかからコーラのグミをうばえるかもしれない。店に近づくと、マキューアンさんの夫の方が入り口で、たむろしている子どもたちに首をふりながらどなっているのが見えた。

「だめだめ、中にもう四人いるんだ！　こっそり入ったら、これから出入り禁止にするからな」

おれは、コーラのグミの袋を持っている子がいないか見回した。ぴかぴかの茶色いビニール袋に入っていて、おれは一マイル先からだって見つけられるし、においだってかぎつけられる。あ、いたぞ！　マキューアンさんがどなっている子どもたちの真ん中に、ジェイソン・スレーターの茶色いまき毛頭を見つけた！　おれより学年が二つ下で、学校で特に背が低いから、ちょっかいを出しやすい。それにジェイソンはコーラのグミが好きだ。おれは子どもたちをかきわけて近づいていった。

でも肩に手をかけようとしたとき、ジェイソンの肩ごしに、何か黄色くまぶしいものが目に入った。

警察の女の人だ。しゃがんで、だれかに話しかけている。相手は、汚れた赤い寝袋の上にすわっている。

その瞬間、ジェイソンはおれの気配に気づいてふり返り、小さなさけび声を上げると、キャンディの袋をおれに放り投げて走って逃げていった。ジェイソンの親友のダイアナも、自分が持っているキャンディの袋に目を落とすと、おれに放り投げてジェイソンに追いつこうとかけていった。

でもおれはもう、お菓子のことなんてどうでもよかった。警察官の黄色の背中と、黒くて丸い帽子を見つめていた。うなずきながら何か言っているけれど、遠くて中身は聞き取れない。

おれは近づかずによく見ようと、首をのばした。

話している相手は、あのホームレスの人だ。そのとき不意に、その人は深い茶色の瞳でおれをまっすぐに見つめた。そして警察官もふり返って、青みがかった灰色の明るい瞳でおれを見たんだ！

おれはじりじりと後ずさると、警察官に止められないうちにかけ出した。そして学校へと走りながら数秒おきにふり返って、警察官が追ってこないか確認した。でも追ってはこなかった。

校門の前でウィルにぶつかった。

「おい、どうしたんだよ？」

そうきかれたけど、息切れして答えられない。ホームレスの人は今は公園じゃなくて、マキューアンズ・スイーツの前にいると伝えたかった。でもなんとか口から出てきたのは、

「あの……人……べつの……とこに……」

「え？」

ウィルは空になったポテトチップの袋みたいに、くしゃくしゃに顔をしかめてきき返した。

息を整える間もなく、始業のベルが鳴った。もう一度、後ろをふり返ったけど、警察官の姿は見えない。心配する必要なんてなかったのかもしれない。この学校の子どもは街の

あちこちにいるから、あのホームレスの人は見分けがつかなかったのかも。おれを見ても、カートを沈めた犯人だとは気づかなかったのかも。

一時間目の休み時間に、ウィルとケイティにやっとさっきのことを話した。いつもならこの時間にはランディを追いかけてお菓子を取り上げるんだけど、今はそれよりこの話が大事だから。

「マキューアンさんのお店の前にいたんだ！　今はあそこで寝泊まりしてるんだよ」

おれが説明すると、ケイティがきいた。

「じゃあ、前よりも学校に近いとこで寝泊まりしてるってこと？」

「うん」

ケイティは肩をすくめた。

「ていってもさ、何かされるわけじゃないよね？　ヘクターはあのときずっと、アイマスクをしてフードをかぶってたんだから、顔は見られてないし。あの人だけじゃなくて、だれにも見られてないじゃない。もし公園に防犯カメラがあっても、警察は映ってるのがヘクターだなんて判別できないでしょ？」

防犯カメラ……考えてもみなかった！　ケイティはアイマスクとフードが外れたことも、

メイ・リーやイヌを連れた女の人に顔を見られたことも知らない。でも、わざわざそのことを伝えたくはなかった。

ウィルが言った。

「そうだよ。警察官はその人に、べつの場所に移動しろって話をしてただけなんじゃない？　警察がそうやってホームレスに声をかけてるとこ、よく見るよ。それも仕事だからさ。心配しなくて大丈夫だよ」

でも、心配せずにはいられなかった。おれが犯人だとバレないようにしなくちゃいけない。つまり、今すぐメイ・リーのところへ行って、だれにも言うなと念押ししないと。校庭を見回しても、姿は見当たらない。でも、どこにいるかは予想がついた。

「待ってて。ちょっと……取ってくるものがあるから」

おれがそう言うと、ケイティはきいた。

「ねえ、ランディを追いかけないの？　もうあんまり時間ないよ？」

「二人で行ってて！」

おれは校舎へと走りながら、ふり返って答えた。廊下を走って階段をかけ上がり、二階の教室にたどり着くと、ドアの小さなガラス窓から中をのぞいた。

思った通り、メイ・リーがいた。親友のラニアと、優等生のロバートとベルガラ先生と一緒だ。本棚の「今月読みたい本」コーナーに展示する本を入れ替えながら、おしゃべりして笑い合っている。まるで、これ以上楽しい休み時間の過ごし方はないみたいに。あんなにかしこいくせに、あんなにまぬけなんだから不思議だ。

「ヘクタア――！　そこで何をしているのかな？　自分のクラスをスパイしているのかい？」

おれは飛び上がって、きょろきょろ見回した。校長先生だ。

「いえ、ちょっと忘れ物をして」

「忘れ物？　何を？」

校長先生はあんまり近くまでやってきたから、鼻毛がゆれるのまで見える。

「あの……ポテトチップを……」言いながら思い出した。そういえば、ベルガラ先生への手紙がポケットに入ってるんだ。「食べようと思って。休み時間には必ず食べないと、気を失っちゃうんです」

「気を失う？　ポテトチップ不足で？」

校長先生はいぶかしそうに眉間にしわを寄せた。

「はい。揚げたのじゃなくて、焼いたヘルシーなチップなんです。それを毎日食べないと、野菜不足になるんです」

そのとき、ベルガラ先生がドアを開けてほほえんだ。

「いらっしゃい。話し声が聞こえたので。一緒に手伝ってくれるのかしら？」

おれは勢いよく首を横にふった。校長先生が言った。

「ポテトチップを取りにきたそうです。食べないと気を失うそうで」

ベルガラ先生はため息をついて言った。

「ああ、そうですか。てっきりべつの用事かと」そして片方のまゆを上げた。「今朝、わたしに渡し忘れたものがあるんじゃない？」

おれは小さくうめいた。お父さんは先生に手紙のことを伝えてたんだ！　校長先生がとなりにいるのを気まずく感じながら、おれはポケットからしわくちゃの手紙を取り出して、ベルガラ先生に差し出した。

先生の片まゆは、見えないはしごを下りるかのように元にもどった。

「そうそう。うれしいわ！」

そして手紙を開くと、読み始めた。校長先生まで身を乗り出して読んでいる。おれはドキドキしながら二人を見ていた。でもおれたちに本一冊をたった二、三日で読み終えるように指示する先生たちにしては、読むのがおそくて永遠に感じられた。どうしてそんなに時間がかかるんだ？　手紙に書いていたのはこれだけだ。

ベルガラ先生へ

　みんな、いつも言いますよね。絶対にうそはついちゃいけないって。かいていない絵（先生のおしりからけむりと火が出ている絵）のことで謝ったら、それはうそになります。

　だから、これはおわびの手紙じゃありません。先生はあの絵のことを謝ってほしいと思っていますけど、ぼくはかいていないからです。だれがかいたのか突き止めたければ、徹底調査を開始し、ＦＢＩにも電話する必要があるかもしれません。

ヘクターより

P．S．ぼくだったら、おしりはもっと小さく、炎はもっとリアルにかきます。

「なるほど……」

ベルガラ先生は、まゆをひそめて手紙を折りたたんだ。くちびるも顔も引きつってぴくぴくしていて、それは手紙を読んでうれしい表情なのか、それともおれはまた居残りさせられるのか、わからなかった。校長先生もやっぱり、口ひげと鼻毛がぴくぴくしている。

ベルガラ先生は言った。

「そうね、ええと、ありがとう。気持ちを伝えてくれてうれしいです。それで……この件について調べるにはどうすればいいか考えます。とりあえず今は中に入って、ポテトチップを取ってきてね。気を失ったら大変だから」

先生はドアを開けたまま、おれが中に入ってゆっくりとリュックサックのところまで歩いていくのを見ていた。メイ・リーとロバートとラニアは、ネコの存在に気づいたネズミみたいに、はっと手を止めて、おれを見つめている。

「じつはちょうど、先生と二人でお話ししたいことがあって、来たところだったんですよ。よろしいですか?」

校長先生がそう言うと、ベルガラ先生はうなずいて教室の外に出て、ドアを閉めた。

チャンスは数秒しかないとわかっていたから、おれはロバートとラニアは無視して、メイ・リーに近づいて言った。

「昨日見たことは、だれにも言わない方がいいぞ」

意外だったのは、メイ・リーが少しもひるまず見つめ返してきたことだ。おれがもう一歩にじり寄ると、メイ・リーはドアに視線をうつして片方のまゆを上げ、大きく息を吸った。大声でベルガラ先生を呼ぶつもりか？

危険を一瞬で察知できるおれは、顔をしかめて一歩後ずさると、するどく言った。

「また後で話そうぜ。もしだれかに言ったら、めんどうなことになるぞ」

そして背を向け、教室から出ようとしたとき、メイ・リーが大声で言った。

「いいえ。めんどうなことになるのは、あなたよ」

おれはさっとふり返って、メイ・リーを見つめた。ロバートとラニアも、口をあんぐりと開けてメイ・リーを見つめている。

「なんだって？」

顔と耳が熱くなる。

「めんどうなことになるのは、あなただって言ったの！」メイ・リーは、おれににじり寄った。「わたしじゃなくてね。あなたがトーマスにしたのは、とんでもなくひどいことだから！」

「トーマス？」

おれは、あっけにとられてきき返した。

「あなたが池に落としたカートの持ち主よ」

「だまれ。それ以上言うと――」

「いいえ。だまるもんですか。みんなに言ってやるから！　わたしたちが！」メイ・リーに指をさされたロバートとラニアの顔色は、紙みたいに真っ白になった。「それが嫌なら……」そしてしばらく間をためて、ゆっくりと言った。「それが嫌なら、トーマスに謝って新しいカートを用意しなさいよ！」

「何言ってんだよ」

メイ・リーのやつ、完全におかしくなって、だれに向かって話してるかわからなくなってるのか？　ロバートとラニアもそう思っているのが伝わってくる。

おれは謝らないし、新しいカートも用意しない。そう言い返そうとしたとき、ベルガラ先生がドアを開けて言った。

「ヘクター、展示の入れ替えを手伝ってくれるんじゃないなら、外に出てね」

教室を出るとき、ドアの前でふり返ってメイ・リーをじろりとにらみ、無言で警告した。おれの言う通りにしないと大変なことになるぞ。でもメイ・リーはひるまず見つめ返し、表情で伝えてきた。おれのことなんか、ちっとも恐れていないと。

消えたエロスの弓

「明日、うちに来る？」

やっと学校が終わって三人で帰るとちゅう、ウィルがきいてきた。

今日が金曜でよかった。この一週間はすごく長く感じたし、メイ・リーとラニアとロバートを一日じゅう見張(みは)っていたから、つかれた。

マキューアンズ・スイーツの前を通るとき、おれは歩くペースを落とした。あのホームレスの人はいない。メイ・リーはトーマスだと言ってたな。どうして名前を知ってるんだろう？

ケイティが、ひじでつついてきた。

「いないね！　ヘクターがこわくて、どこかに行ったんだよ」

するとウィルが言った。

「うん、ヘクターに近づかない方がいいってわかったんだな」

おれはニッと笑って、歩道の反対側に小石をけった。ウィルはまたきいた。

「二人とも、明日うちに来る？」

するとケイティが言った。

「ううん、わたし行けない。週末はパパと用事があるから」

ウィルは肩をすくめて、おれを見た。おれはうなずいて言った。

「行くよ。うちはお母さんもお父さんも出かけるから。スケボー持ってく」

「いいね」

ウィルがそう言ったとき、公園にたどり着いた。あのベンチにはだれもいなくて、ホームレスの人も見当たらない。おれはベンチに飛び乗って、はねながら胸をたたき、オオカミの遠吠えみたいな声を出した。二人が笑ったから、もっとつづけたかったけど、昨日おれを追いかけて公園から追い出した、イヌを連れた女の人が顔をしかめてこっちを見ているのに気づいた。顔を覚えられていないといいんだけど。おれはウィルとケイティに「もう帰らなくちゃ」と伝え、公園からかけ出した。

＊＊＊

次の日。また子どもたちを置いて出張に行かなければいけなくなったと、悲しむふりをしている両親を置いて、おれはスケートボードをかかえ、ウィルの家にゲームをしに行った。お母さんとお父さんは家にいるときは、おれに週末には家で宿題をさせようとする。でもリサはヘラクレスの世話で忙しくて、おれがいてもいなくても気づかないから、リサしか大人がいないときは好きに行動している。たぶん、リサはじつは、おれがどこか行っていた方がうれしいんじゃないかな。

ウィルの家に行くのは楽しい。ウィルのお母さんはおやつをたくさん出してくれるし、殺人事件のミステリー小説の話を、実話みたいに臨場感たっぷりに聞かせてくれる。そしてお父さんはかっこいい。車を毎年買い替えて、ウィルをしょっちゅう、サッカーやテニスの試合や競馬に連れていく。去年は、町外れの大きなスタジアムで開かれたカーレースに行ったらしい。ウィルはそれから何週間もその話ばかりしていた。そんな話をお父さんからも直接聞けたら楽しそうだけど、おれが行くときはいつも忙しそうで話せない。

ゲームを二、三時間して、ウィルはおれにほとんど負けつづけた。その後、おやつを食べてから、スケートボードに乗って近所をうろうろした。ウィルの家の近くには公民館があって、その前にいつも子どもたちがたくさん、たむろしているからちょっかいを出しやすい。特に昼の一時ごろには、公民館でのバレエ教室や演劇教室を終えた、明るい色のタイツをはいた子どもたちであふれ返っている。でも今日は、だれもいない。

ウィルが人気のない通りを見て言った。

「公民館、閉まってるんだな。公園に行く？」

「いや、公園じゃつまんないよ。それに今日はイヌが五〇〇〇万匹はいそう」

「そうだな」

ウィルはそう言って、壁にもたれた。しばらく前に、大きな二匹のプードルが遊んでいたテニスボールをうばい取ったら、追いかけられたことがあって、それ以来、ウィルはイヌ嫌いなんだ。おれはというと、イヌを連れた女の人やあのホームレスの人がいるかもしれないから、公園には行きたくない。

「大通りに行く？」

そうきかれ、おれは肩をすくめた。

「それもなあ」そして片方の足でスケートボードを前後にすべらせていると、ゆっくりと通り過ぎていくバスが目に入った。「そうだ！　バスに乗って、ビッグ・ベンのそばでスケボーしに行こうよ」

　ウィルはたじろいだ。去年の夏休み、おれとウィルがほとんど毎日、バスで街に出ていたことを知ったウィルのお母さんは、まるで飛行機に乗って中国に行こうとしていたのを見つけたみたいに大さわぎしたんだ。

「行こうよ。バスですぐだしさ」

　おれが言うと、ウィルはしばらく考えてからようやく答えた。

「わかった。でも早めに帰ろう。今日はウェストハムとニューカッスル・ユナイテッドの試合があるだろ？　プレミアシップ史上、一番の大試合だよな。お父さんが家族みんなに、観戦用のスペシャルTシャツを買ってくれたんだ！」

　おれも試合を見るふうをよそおって言った。

「そうだね、いい試合になりそうだな。間に合うから大丈夫だよ。まだ二時にもなってないし、時間はたっぷりある。さ、行こう！」

　ウィルもようやくその気になって、数分後、目の前のバス停にエンジン音をひびかせて止まった一五九番線のバスに飛び乗った。

「年は？」

運転手の女の人がウィルを見て、まゆをひそめてきいた。一〇歳以下は運賃が無料なんだ。

「一〇歳です」

二人で声をそろえた。ウィルは年上に見えるから、バスや映画館でいつも止められる。運転手さんはおれたちの顔とスケートボードをちらりと見て、乗るように合図した。おれたちは二階席にすわり、通りを歩く人たちを見下ろして笑いながら、立ちならぶ店や橋や、走る車の屋根をながめていった。少しすると、バスの自動音声が告げた。

「次はウェストミンスター駅」

バス停に着くまで、二人でブザーを連打しつづけたから、運転手さんは後ろのドアから飛びおりるおれたちに向かって、運転席のガラスごしにどなりつけた。追いかけたくても追いかけられない人からどなられるのは、すごくおもしろい。

ビッグ・ベンを堀のように囲む大通りを走って横切ると、テムズ川沿いの人通りの少ない歩道をスケートボードで何キロもすべっていった。

この場所は去年の夏休み、ケイティとウィルと三人で全部のバス路線に乗ってみたときに、たまたま見つけた。全路線の中で、一五九番線が一番よかった。三〇分も乗れば、おれたちの住む退屈な地域をぬけてロンドンのど真ん中に出て、テムズ川やビッグ・ベンや、スケートボードをするのに最高の場所に行けるから。それからはよくここに来て、テムズ川のボートや橋やサイクリングする人たちを横目に、一日じゅうスケートボードに乗って過ごした。そして飽きてくると、明るいスクリーン広告のならぶピカデリーサーカスまですべっていき、アイスを買って、全身を金色や銀色でぬって劇場の外で像のふりをしているおかしな人たちをながめた。スケートボードに乗っている人たちを追い払おうと警察がやってくることもあって、そんなときは逃げなくちゃならなかったけど、逆にわくわくした。

今日もピカデリーサーカスまでどっちが早く着くか、競争を八回した。そしてちょっと休んでアイスを買って、噴水の周りの段にすわって食べた。水も流れていない噴水なのに、なぜか有名で、みんながその上の像を見に来る。今も大勢の観光客が立ち止まり、かがやく像を見上げて写真を撮っている。羽のある裸体にローブをまとった男の人の像で、二階の高さくらいまで吹き上げられた黒くうずまく水の上に片足で立っている。弓をかまえているから、矢で射られたふりをしたカップルが「射られた！　恋しちゃった！」とか言いながらキスして記念撮影している、うんざりする姿があちこちで見られる。像は本当に、下にいる人たちに向かって見えない矢を放とうとかまえているように見える。おれたちがアイスを食べ終わったとき、となりにすわっていたカップルがこわれた掃除機みたいに大きな音を立ててキスし始めて、同時に遠くからビッグ・ベンが時を知らせる音が聞こえてきた。

ゴーン……ゴーン……ゴーン……ゴーン……ゴーン……

ウィルは飛び上がった。

「えっ、もう五時？　どうしよう、間に合わない！　試合が始まるまで、あと一時間もないよ。早く帰ろう！」

「おれはまだいる。もう少ししたら帰るよ」

ウィルは困った顔をした。

「ひとりでここにいるの？」

「うん。まだフリップの練習したいから」

「そっか……」

ウィルは不安そうにつぶやいて、ときどきおれをふり返りながらバス停に向かった。おれが後で怒られるんじゃないかと心配しているんだろう。でもおれが家にいつ帰ろうと、だれも気にしないし。

それからどのくらいの時間、土手を回ったり、のぼったり下りたりしながら新しい技を練習していたかわからない。ダブルフリップして着地をかんぺきに決めた瞬間、ふと気づいた。さっきまで明るく日が差してにぎやかだった歩道が、いつの間にか暗くなり、しんとしている。川沿いの街頭や電球が灯り、通りに車はほとんど走っていない。こんなに長くひとりで街にいたのは初めてだけど、べつにこわくはない。でもお腹がすいたから、スケートボードでピカデリーサーカスまでもどった。家に帰るバスを待つ間、おやつを買って、暗やみに光るスクリーン広告を見ながら過ごせばいい。

通りにならぶレストランやパブの前を通っていくと、たくさんの人たちがさけんだり歓声を上げたり、ブーイングを飛ばしたりしているのが中から聞こえてきた。サッカーは延長戦に入ったんだな。おれ以外のロンドンじゅうの人たちが、かたずをのんで試合を見ている空気が伝わってくる。こんなにがらんとした街を見るのは初めてだ。最高だな。だれにもぶつからずに道を思う存分、ジグザグにすべっていける。

通りかかった店でチョコレートバーを買って、バス停のベンチにすわり、帰りの一五九番線のバスを待った。バス停の照明はこわれていたけど、ピカデリーサーカスの周りのスクリーン広告がとても明るくて目まぐるしく変化するから、無音のレーザーショーのど真ん中にいる気分だった。

人通りのない道を前にひとりですわっているのは、妙な気分だった。大きな店はどこも閉まっていて、いつもなら大勢の観光客が道を歩く足音が、小さなドラムを一〇〇〇個打ち鳴らすみたいに絶え間なく聞こえているけど、それもない。

バスを待ちながら、目まぐるしく切り替わるスクリーン広告をどれだけながめていただろう。これだけくり返し見ていたら、全部覚えてしまいそうだなと思ったとき、ふと不安になった。バスは運行してるのかな？ もし運行していなかったら、どうやって帰ればいいんだろう？ 家までずっとスケートボードですべっていくのは無理だ。道もわからないし。さっきチョコレートバーを買った店にもどって、店員さんにバスが運行しているかきいてこようとしたとき、ふと、ある光景が目に入って足を止めた。

通りの反対側の、大きな古いビルの入り口に横たわる影が見える。見つめていると、影は動き出した。植物がゆっくりと人間に成長するかのように、影は背の高いやせた男の人

の形に変わっていった。しわの寄った黒いロングコートを着て、汚れた毛糸の帽子をかぶ
り、顔はぼさぼさのひげでおおわれている。

　おれは身動きひとつせず、息をつめて目を細め、顔をよく見ようとした。しかし日の沈んだ暗がりの中では、帽子とひげしかわからない。……でも、そのひげの形は間違いなかった。

　トーマスだ。

　おれは筋肉ひとつ動かさないよう、心臓の音さえ鳴らないよう息をひそめた。トーマスはこわばった体をほぐすように腕と足をふり、ゆっくりと一歩踏み出した。

　ここで何をしているんだろう？　おれに仕返しするために後をつけてきた？　今はあそこで寝泊まりしているのか？　おれに気づいている？　こっちへ来るのか？　来たらどうしよう？

　今すぐスケートボードに飛び乗って逃げ出したいけど、体が動かない。脳が指令を出しても、体は何もできない。ただできるのは、その場にすわったまま見ていることだけ。

　トーマスは両手を高く上げて、のびをした。そして通りを走っていく一台のバイクを見送ると、ぱっと走り出した。

おれはわけがわからず、とりあえずバス停のプラスチックの壁にかくれようと身をかがめた。心臓の音がスピーカーをつけているかのように大きく鳴りひびく。トーマスは目の前をかけぬけていった。おれを目がけて走ってきたんじゃなかったんだ。そしてピカデリーサーカスで立ち止まり、そばの建物の巨大なスクリーン広告を見上げた。おれも身を乗り出して見上げたけど、一日じゅう流れている、ハンバーガーや花の香りのする香水の見飽きた広告がくり返されているだけだ。スクリーンのはしには、時刻を知らせるデジタルナンバーが「8：41PM」と表示されている。

トーマスから目が離せない。横顔しか見えないけれど、ほほえんでいる。それがわかったのは、あごひげが動いているからかもしれない。次の瞬間、トーマスはふり返って、だれもいないことを確認するかのように、あたりを見回した。その視線がこっちに向いたとき、おれはあわてて壁の後ろにかくれ、数秒待ってからまたこっそりのぞいた。トーマスはまた広告を見上げている。タクシーが通りすぎる。ほかにはだれもいない。トーマスとおれだけだ。

トーマスは片手を上げた。その手に何か持っている。スクリーンの明かりに照らされてかがやく何か。それが何なのか、ここからは遠くてわからないけれど、カチッと音が聞こえた。

その瞬間、巨大なスクリーンも街灯も、まわりの建物の窓からもれていた明かりも、一斉に消えた。あたりは真っ暗やみに沈んだ。

目をこすって見回したけど、何も見えない。街全体がスイッチを切られ、真っ黒で巨大なまくらで窒息させられたみたいだ。これまで見たことも感じたこともない真っ暗やみ。停電のときだって、物の形くらいはなんとか見えるものだ。でも今は、一筋の光さえない。一台の車も、バスも、自転車のベルを鳴らしながら走る人も、声も。何もない。ただただ暗やみが広がっているだけ。

なんとか目を慣らそうと、ぎゅっと目をつぶって、また開いてみた。すると何秒かして、始めに道路が、それから店やガードレールや歩道が、ぼんやりと灰色に次々と形をあらわし始めた。

どこか近くから、何かが回転するようなブンブンという音が聞こえてきた。音のする方に目をやると、オレンジと黄色の火花が魔法の噴水のようにふり注いでいるのが見えた。だれかが、空にとどかない小さな花火を打ち上げたかのようだ。

もっとよく見ようと忍び足で近づいていくと、噴水の形がぼんやりと見えてきた。昼間にさんざん、ウィルとスケートボードで周りをすべって競争した噴水だ。火花はそのてっぺんからふり注いでいて……それで……おれは目をごしごしとこすった。錯覚じゃないよな？　いや、現実だ。トーマスがエロス像の首にクモのようにぶら下がって、火花を散らしている！　その光の跡は、消えていくクモの糸のようだ。

回転音と火花はそれから数秒で消え、大きな金属音がひびいた。噴水のてっぺんから広い円形の水受けに、何かが落ちたんだ。トーマスは像の黒光りする台座と黒いうずをけって、少し下に飛びおりた。それから小刻みに三回飛びおりていき、持っているスプレー缶を音を立ててふって、水受けの下の段に何かかいた。そして一歩下がり、少ししてから、また片手を上げた。カチッと音がして、その瞬間、街灯もスクリーン広告も建物の明かりも一斉につき、スクリーンのデジタル時計も表示された。まぶしくて目が痛い。

時刻が今も正確に表示されているなら、今は午後八時四二分。たった一分しか経っていない。

おれはまた壁の後ろにかくれようと思ったけど、体が動かない。だから息をつめて、微動だにしなかった。トーマスの視線は、こっちには向いていない。大きく深呼吸をして、だれもいない通りにひびきわたる大きな笑い声を上げると、帽子を取った。そしてまずスクリーンに、次に噴水に向かってゆっくりと長いおじぎをすると、水受けから何かをひろい上げてコートの内側にしまい、通りを走って暗やみの中へ消えていった。

おれはお父さんがひげをそった後にクリームをぬるときみたいに、ほおをパンパンとたたいてみた。ちゃんと痛みを感じる。夢じゃない。目の前で起きたことは、現実なんだ！

それから数秒は何も変化はなく、あたりは静かなままだったけど、後ろから街のざわめきがもどってきた。始めはバス停に歩いていく人の足音、次に電話で話す女の人の声、そして道路を走る色あざやかなリキシャ〔おもに観光客を乗せて走る人力三輪車〕からひびく大音量のステレオ。でも、みんなおそい。さっきの出来事を目撃するのには間に合わなかった！

おれはバス停を離れ、ゆっくりと通りを横切って噴水へと向かった。昼間、噴水の前で大勢の観光客が記念撮影していた。みんな、噴水の上に乗っているのは、ギリシャ神話に出てくるエロスだと思っている。飛び回って人々に矢を放ち、射られた人は恋に落ちるという神だ。でもおれは知っている。この像は本当はエロスじゃない。ギリシャ神話に異様にくわしいお母さんとお父さんから、本当はエロスじゃなくて、その弟のアンテロスの像だって話を一〇〇〇回は聞かされた。アンテロスも人々に矢を放つけど、目的はだれかの恋心を受け入れなかったことへの復讐だ。でも今はそんな話はどうでもいい。問題はだれ

の像かじゃなく、弓がなくなったことだ。ほんの数時間前にウィルとならんですわってい
た段には、あざやかな黄色いスプレーで三本の斜線が残されていた。

行方（ゆくえ）を探（さが）して

「ヘクタアーーー！　起きて！　朝ご飯の時間よ！」

リサのどなり声で目が覚めた。おれは「うーん」とうめくと、「食べないからいいよ！」とどなり返して、頭まで布団（ふとん）をかぶった。

昨日の夜は、帰ってくるのにすごく時間がかかった。ようやく家に着くと、リサとヘレンに「こんな時間まで何してたの！」としかられて、そのお説教は一時間もつづいた気がした。

目の前に右手をかかげた。まだついている。噴水（ふんすい）の段（だん）にかかれた記号をさわったから、手に黄色いスプレーが少しついたんだ。昨日の出来事は現実（げんじつ）で、錯覚（さっかく）じゃないっていう証拠（しょうこ）だ。

「ヘクタアーーー！　おりて来ないなら起こしに行くよ！」

「わかった、行くよ！」

そうどなり返したけど、行かずに布団をけって起き上がり、パソコンのスイッチを入れた。起動するとパスワードを入力したけど、エラーになった。もう一度入力しても……

やっぱりだめだ。

「リサ！　パソコンがエラーになるんだけど！」

そうさけんでから思い出した。昨日の夜、リサはさんざんお説教した後、お母さんとお父さんにもしかってもらおうと電話をかけた。そしたら二人はすごく怒って、おれがゲームをできないように、リサにパスワードを変えるようにたのんだ。そして、おれと「真剣な話」をするために、出張を早く切り上げて帰ってくると言ったんだ。

ひきょうじゃないか！　イラついてテーブルをけると、ライトが落ちた。

そのとき、ヘレンが部屋の前をドタバタと通りかかった。

「ばーか！　リサが呼んでるよ！　お母さんたち、もう帰ってきてるからね！」

返事をする気にもならない。ヘレンが自分の部屋に入ってドアをバタンと閉め、ラジオをつけた音が聞こえてくると、おれは一階におりていった。お母さんたちは出張を早く切り上げるはめになって、怒っているだろう。何か仕事で忙しくて、朝ご飯を食べにおりてきたおれに気づかないといいんだけど。スタジオのドアが半分開いていて、お父さんが大声でだれかと話しているのが聞こえてくる。でも相手がお母さんなのかどうかはわからない。だからドアに忍び寄って、すき間からのぞいた。

お父さんはイスにすわったままぐるぐる回転しながら、電話で話している。お母さんは窓際のテーブルでお茶を飲みながら、書類に目を通している。

「だからね、クリスチャン。マリーに焦点を当てようと言っているんだよ。マリーのエピソードはとてもおもしろいし、昨日のピカデリーサーカスの窃盗事件に話をつなげられる。マリーが寝泊まりしているのは現場近くじゃないかい?」

お父さんがそう話しているのを聞いて、おれはドアの外で立ち尽くした。

「記号の話!」

お母さんにささやかれ、お父さんは言った。

「ああ、そうそう! 犯行現場に残されていた記号について、マリーの見解も聞けるしね。それから新聞各社の論調が、一連の窃盗はホームレスの犯行だという流れになっていることについてどう思うか、感想も聞きたい」相手の返事を聞いているらしく、お父さんはしばらくだまってからつづけた。「そうだね。盗まれたものはどれも売るのは難しそうだ。

いろいろと本当に不可解だね。特にだれひとり、犯人を目撃していないっていうのが」

おれ以外は、ね。

その先も少し盗み聞きをつづけたけど、ドキュメンタリーの制作資金の出資者についての話にうつっていったから、キッチンに行った。

キッチンのテーブルにはまだ、日曜の新聞各紙があった。どの新聞も、エロス像の窃盗事件について一面で報じている。情報提供を求める告知文を載せている新聞もある。昨日、目撃したことを伝えたら何がもらえるだろう？　おれは一躍有名になって、賞ももらえるかもしれない。そしたら校長先生やベルガラ先生に、先生たちにたよらなくたって賞をもらえるんだって見せつけてやれる！　おれが有名になったら、居残りもあまりさせなくなるだろう。

右手を見下ろす。てのひらについているスプレーの跡は、現場にいた証拠だ。でもそれだけじゃ足りない。新聞記者の人たちに居場所を伝えられるよう、あのホームレスの男の人を探し出さなくちゃ。そのためには街に出ないといけないけど、昨日の夜、外出禁止を言いわたされたばかりだから難しい。お母さんとお父さん、リサの前でうんと行儀よくして味方につけないと。

キッチンにはリサしかいなくて、流しのところでニンジンの皮をむいていた。おれはリサに近寄って満面の笑みであいさつした。

「おはよう、リサ」

リサはピーラーを置いて、けげんな顔できいた。

「具合でも悪いの？」おれが首を横にふると、つづけて言った。「早く食べてね。もうお昼ご飯の準備をしてるから、テーブルを片づけたいの」

「ヘプター！」

ヘラクレスがおもちゃの飛行機を手に、キッチンにかけこんできた。そしてシリアルをボウルに出すおれの横で、ぴょんぴょん飛びはねながら腕を引っぱってきた。

「ぼくも食べていい？」

おれが肩をすくめてボウルを差し出すと、ヘラクレスは飛行機をぽいっと床に放り出し、シリアルをがばっとつかんで、うれしそうに口に入れた。

「ヘクタアーー！　だめ！　ヘラクレスにはあげないで！　糖分の取りすぎよ」

リサがさけんでボウルをうばったから、ヘラクレスは泣き出した。おれはリサをにらんでボウルを取り返すと、キッチンから出た。

「ヘクタア——！」

リサはさけびながら廊下まで追いかけてきて、階段の手すりのすき間からおれを見上げた。その頭にシリアルをぶちまけてやりたいのをぐっとこらえて、おれはきいた。

「何？」

「お父さんがサンダースさんに、今日はヘクターを手伝いに向かわせますって約束したの。それも昨日の罰だって。だから午前中はサンダースさんのところに行ってね」

お母さんたちは、おれやヘレンによくサンダースさんの手伝いをさせる。通りの向こうに住んでいて、洗ってないくつ下や酢みたいなにおいがする人だ。ヘレンはかわいそうに思うらしくて、すすんで手伝いに行くけど、おれが行くのは罰として言いつけられたときだけだ。

いつもなら行くのは嫌だけど、今日はグッドタイミング！　サンダースさんはお年寄りだから、おれがどのくらいの時間、手伝いにきていたかなんて覚えていない。手伝いをできるだけ早く終わらせて、あの男の人を探しに行こう。まずは公園のベンチを見に行って、いなかったらマキューアンズ・スイーツに行こう。

おれは、ひどく気落ちしたふうをよそおって答えた。

「はあ……わかった。すぐ行くよ」

階段をかけ上がるとき、リサがつぶやくのが聞こえてきた。

「あら、なんだか素直ね。今日はどうしたんだろう？」

そして、ニンジンの皮むきとヘラクレスの世話をしにもどっていった。

おれはシリアルを食べ終わると、黒のパーカーとジーンズに着替えて、スケートボードをかかえた。お母さんたちが日曜に家にいるときは、午後一時ちょうどに必ず、家族そろってランチを始める。それまでにはもどらなくちゃいけないから、あまり時間はない。もう一〇時前だし、サンダースさんの手伝いもある。

リュックサックの中の教科書を出して、お腹がすいたときのために、ベッドの下の箱からお菓子やポテトチップを取り出してつめた。

玄関から出ようとするおれに気づいて、ヘレンがきいた。

「ちょっと、どこ行くの？　外出禁止でしょ？」

「ばーか、サンダースさんの手伝いに行くんだよ！」

にやけそうになるのをこらえた。そして何も言い返せずにいるヘレンを尻目に、スケートボードで道をまっすぐに進み、サンダースさんの家に行く前に回り道をして公園に向かい、丘をのぼってベンチを見に行った。でもだれもいない。

黒のロングコートをはおって毛糸の帽子をかぶっている人がいないかと、あたりを見回した。でも目に入るのは、カラフルなランニングウェアがウエットティッシュみたいに体にはりついているジョギング中の人たちや、イヌにボールや小枝を投げている人たち、カシの木立と池の間に停まっているアイスの販売車だけだ。

そこでスケートボードに乗ってマキューアンズ・スイーツへと急いだけど、店のそばにもあの人はいなかった。子どもの姿もないから、マキューアンさんのご主人も店の外には出ていない。でも夫妻はあの人のことを知っているかもしれない。許可なく店の外にいすわる人間を、許しはしないだろう。ひょっとしたら夫妻が警察に電話して、追いはらってもらったのかも！　とりあえずきいてみる価値はある。おれはドアを開けて店に入った。

「いらっしゃい。何を買いに来たの？」

マキューアンさんの奥さんは刺すような視線をおれに向けて、するどく声をかけてきた。

「だれか来たのか？」

店の奥からご主人の声がした。奥さんはおれを見つめたまま、どなった。

「悪ガキよ！　ほら、いつも子どもたちからお菓子を取り上げてる子！」

「何?」カウンターに出てきたご主人は、おれをじろじろ見た。「何を買いに来たんだ?」

「今、それをきいたとこよ」

奥さんがそう返すと、ご主人は目をぐるりと回して言った。

「あのなあ、今はおれがきいてるんだよ!」

二人はそろっておれをにらみ、返事を待った。いつものようにどなり返すんじゃなくて、感じのいい声で答えようとするのは心地悪い。

「あの……マキューアン様……と奥様……。黄色い帽子をかぶった男の人を知りませんか? 金曜にお店の前にいたんですけど」

奥さんは、いっそうけわしい顔できいた。

「トーマスのこと? あんたが、カートを池に沈めたらしいじゃない」

おれは思わず口をあんぐりと開けた。ご主人が言った。

「きみがしたのは、とてつもなく卑劣なことだぞ。人の財産を池に沈めてしまうなんて。特にあの人は、これまでに多くのものを失ってきたのに」

あの人がおれと友だちに石を投げたのがいけないんだ。そう言い返そうと、口を開いた。でもそのとき、メイ・リーが言っていたことを思い出して、ふとあることを思いついた。

そして、信じてもらえるかわからないけど言ってみた。

「そうですね……でも、そんなつもりじゃなかったんです。それで、すごく悪かったと思っていることと、新しいカートを手に入れられるよう、なんとかしてみるってことを、あの人に伝えたくて」

「まあ、そうなの！　それは素晴らしいじゃない。ねえ！」

奥さんに腕をつつかれ、ご主人はまた目をぐるりと回して言った。

「ああ、そうだな！　まったく素晴らしい」

奥さんはカウンターに身を乗り出し、メガネごしにおれを見つめた。くちびるの上にうっすらとひげが生えている。歯にはさまっているのは間違いなくツナだ。奥さんはささやいた。

「大通りの向こうで寝泊まりしていることもあるし、場所が空いているときは警察署の前にいることもある」

「どうしてそんな小声で言う必要があるんだ？」

ご主人にきかれ、奥さんは肩をすくめた。

「その方が、なんだかわくわくするじゃない？」

「あの……ありがとうございました」

おれはそう言って、店を出ようとドアに向かった。後ろからご主人の声が聞こえてくる。

「聞いたか？　あの悪ガキが『ありがとう』だって！」

「言えるようになるまで四年かかったわね」

後ろ手にドアを閉めるとき、奥さんがそう答えるのも聞こえてきた。

大通りに向かう歩道を、スケートボードでスピードを上げてジグザグにすべっていく。

「ありがとう」って言ったら、あの夫婦、妙にうれしそうだったな。なんだか、いい子だと思われたみたいだ。カートを沈めたのはおれだって知っているのに。

警察署の近くまで来ると、スピードを落として止まった。警察署は大通りの突き当たりにあって、この地域の建物の中では特に大きい。学校の校舎と同じくらいかな。赤レンガ造りで半円形で、ドアやアーチがたくさんある。生まれてからこれまでに、この前を少なくとも五〇万回は通りすぎてきたけど、そこで寝ている人を見たことはない。

正面玄関につづく階段の前にたどり着くと、建物を見上げた。大きくてぴかぴかのガラス窓ごしに、カウンターに立っている警察官の人たちが見える。でも玄関前に警察官はいない。

二番目に大きい入り口の方に回ったけど、そこにもいない。チェーンをかけて閉め切っている大きな青いドアがあるだけだ。ほかの入り口も見て回ったけど、どこも閉め切られていたから、また正面玄関の方にもどって通りすぎ、建物の反対側の入り口も確認していった。するとひとり、大きな段ボールを敷いて寝ている人がいた。

段をのぼって、その人が黄色い帽子をかぶっているか確認しようとしたけど、灰色の毛布を頭までかぶっていて見えない。どうしようか迷って、とりあえず大きな咳をしてみた。

でも、その人は動かない。おれは声をかけた。

「ねえ、トーマス？」それでも動かないから、足でつついた。「起きて！」

突然、大きな手に足首をガシッとつかまれた。

「どういうつもりだ？」

不機嫌な声が聞こえ、毛布がすべり落ちて顔が見えた。でもその顔にはふわふわの茶色いあごひげも生えていないし、毛糸の帽子もかぶっていない。茶色くて短いぼさぼさのあごひげに、灰色のするどい目、「フォーエバー・ヤング」と文字のある野球帽。

おれはスニーカーをはいた足を後ろに引こうとしながら言った。

「ああ、ト、トーマスを探してて」

「そうか。それなら、おれみたいな人間にけりなんか入れずに探すことだな」男の人は、腹立たしげにおれの足を押しのけた。おれはよろめいて段から落ちそうになった。「で、トーマスになんの用だ？」

「べつに。ただ……探してるだけ」

男の人は目を閉じたのかと思うくらい、きつく目を細めた。そして起き上がり、おれを正面から見つめて言った。

「カートを池に落としたのは、お前だな？」

おれも見つめ返した。どうしてみんな、カートを沈めた犯人がおれだと知ってるんだ？

「うん、でもそんなつもりなかったんだ」

うそじゃない。

「あの日、お前のせいでトーマスが何を失ったか、わかっていないようだな」

新聞やビニール袋が積んであっただけのカートが、どうしてそんなに特別なんだ？　そうききたかったけど、こう返した。

「あの人に言いたいんだ。その……ごめんなさいって」

男の人は「ふーむ」と言いながら、おれを頭からつま先までじっくりとながめた。その目は、本当のことを言っているか、スキャンして判別するマシーンみたいだ。おれは真剣で悲しそうな表情を作った。

「そうだな。今日みたいな晴れた日は、トーマスはバスに乗らない。おれはときどき駅の方に行くことがあるんだが……駅とピザ屋の間の路地の奥にな。トーマスはそこにいることもある。それと、言っておくが……」男の人が身を乗り出したから、おれは思わず後ずさった。「二度とその足でおれたちに触れない方がいいぞ。そんなあつかいを受けるために、ここにいるんじゃない。またこんなことをしたら、もう二度と足は取り返せないかもしれないな。わかったか？」

おれが右足に目を落として、あわててうなずくと、男の人は言った。

「行け」

「あ、ありがとう」

「『ありがとう、サム』だな」男の人はまた目をきつく細めた。「おれの名前はサムだ」

「ありがとう、サム」

おれは段をかけ下りて、スケートボードに飛び乗った。

大通りをスピードを上げてすべっていき、駅までの坂をのぼっていった。駅とピザ屋の間に路地があるなんて知らなかったけど、サムの言っていた通り、確かにあった。今まで気づかなかっただけだ。

スケートボードをひょいっとはね上げてキャッチした。路地の様子をうかがう。すごくせまいから、路地というより、両わきの建物の間のすき間をレンガでふさぐのを忘れたみたいな感じだ。土まみれの草が生いしげっていて暗いけど、どこかにつながっているらしい。奥に明かりが見える。

どうしよう？　サンダースさんの手伝いに行かないと、もっと怒られるぞ。でも、ちょっと路地の奥まで行ってみて、あの人がいるか確認するだけだ。ほんの何秒かで終わるはず。もしいたら警察署まで走っていって、昨日の夜に目撃したことを話して、あの人の居場所を伝えて、この話を新聞社にも伝えてくださいって言うんだ。

おれは深呼吸をして、ほおに空気をめいっぱいためこむと、路地を全速力でかけていった。すると駅の壁の裏にある広い中庭に出た。片すみにテントがあって、入り口のファスナーが大きく開いている。その前に折りたたみイスが二脚あって、一脚には年老いた女の人がすわっている。ぼさぼさの黒いまき毛があちこちにはねていて、指の部分のない、あざやかなむらさき色の手袋をはめている。その周りにはネコが一三匹はいて、ミャウミャウと鳴き、のびをしたりあくびをしたりしながらうろついている。

太った大きな赤茶色のネコをなでていたその人は、おれの視線に気づくと、くしゃくしゃに顔をゆがめて言った。

「何見てるんだ。あっちへ行け！　あたしは見世物じゃないんだ！」

「そんなつもりじゃ……」

おれは、だれかが近くにいたら助けを求めようと見回した。初対面なのに、どうしてこんなに怒ってるんだ？

「ああ、そうか！　じゃあネコをけとばしに来たのかい？　それともあたしにつばを吐きに来た？　あんたがやりそうなことなんて、お見通しだよ！　放課後に嫌がらせしに来るだけじゃ飽き足らず、休みの日にまでやってきたってわけかい？」

「え……いや……そうじゃなくて……」

「これ以上、好きにはさせないよ！　もうがまんできない！」

この人、だれかと勘違いしてるんだ。人違いだって、どうやって証明すればいいだろう？　そのとき、ふと思い出した。お父さんは道ばたでホームレスの人を見かけると、決まってサンドイッチとかコーヒーをあげる。そしたら、すごく感謝されるんだ。

おれは急いでリュックサックのファスナーを開けると、ポテトチップの袋を取り出して、差し出した。

「あの……これ、どうぞ」

女の人は、あざけるような声できいた。

「ソルト&ビネガー味？」

「チーズ&オニオン味もあります」

女の人はガバッと立ち上がり、ネコはおどろいてジャンプした。

「あっちへ行け！　ネコたちをけって、あたしの人生をどん底に落として、次はほどこしをしようってか？　お遊びもいい加減にしな！」

ネコたちも怒って、シャーッと声を出して威嚇してくる。こんなに怒っている人に、あの人の居場所をきけるとは思えない。それに早くサンダースさんの家に行って、ランチに間に合うように家に帰らなくちゃ。おれはスケートボードをかかえて暗い路地をあわてて引き返し、数秒後には路地をぬけ、明るい日差しの下に出た。

木立の中へ

「ロンドンのど真ん中での犯行なのに、目撃者がだれひとりいないんだって」

その日、ケイティは同じことを四〇回も言ってきた。ケイティだけじゃない。学校じゅうが三件の窃盗事件と「見えない窃盗犯」と、現場に残された黄色い記号の話で持ち切りだった。校長先生なんて、朝会でつまらないジョークまで言っていた。「テスト用紙をたがいに盗み合うことのないように。学校の中で最も価値あるものですから」だって。だれひとり笑わなかった。火災報知機の音を聞いただけでも笑う、笑い上戸のドーソン先生さえ。

「おれたち、ちょうどそこにいたんだよ！　目撃したかったなあ」

ウィルがそう言いながらけった小石が、そばにいた女の子のすねに当たった。たまたま当たっただけなのに、女の子がふり返ると、ウィルはまるでわざと当ててたみたいににらみつけた。

ケイティが空想にふけりながら言った。

「犯人は、防犯カメラを全部オフにする方法を知ってるんだね。どうやったんだろう？」

ケイティとウィルは、もし自分たちに世界中の防犯カメラをオフにする力があったら、どんなことをしたいか話し始めた。おれは校庭を見回して、メイ・リーの姿を探した。メイ・リーにきけば、あの人の居場所がわかるはず。でも、話しているところはだれにも見られないようにしないと。優等生と話しているのを見られたら最悪だ。

ようやく、校庭のすみにいるのを見つけた。ほかの優等生たちと一緒に、またつまらない遊びをしている。いつもどんな遊びをしているかというと、たとえばテニスボールをけって、だれかがキャッチするまでの間に七つのベースを走って回るとか。でもだれもけったりキャッチしたりするリスクをおかそうとしないから、永遠にそれぞれのベースに突っ立ってニコニコしているだけ。

スタート地点のベースの横にいたメイ・リーは、ロバートとラニアに何かささやくと、じっとおれを見つめてきた。目をそらしたかったけど、なぜかできなかったから、にらんでやった。するとメイ・リーは、つかつかと歩いてきた。ロバートとラニアもついてきたけど、二人はメイ・リーとちがって、すごくビクビクしている。

三人はおれの前で足を止めた。ウィルとケイティはメイ・リーを、急に飛んできた虫を見るような目で見ている。おれはきいた。

「なんか用か？」

電子レンジから取り出したばかりの、アツアツの皿をほおに乗せられたみたいな感覚だ。

メイ・リーは言った。

「話があるの」

「わたしたちになんの話？」

きき返すケイティに、メイ・リーは首をふって言った。

「あなたじゃない」そしてウィルに視線(しせん)をうつした。「あなたも」そして、おれを指さした。「あなただけに話があるの」

ウィルは信じられないとでも言うかのように、フンッと鼻を鳴らした。ロバートは口を動かさないように、くちびるのすき間から「危険(きけん)だよ」とささやいて後ずさった。次第(しだい)に校庭のみんながおれたちの様子に気づいて、注目し始めているのがメイ・リーの肩(かた)ごしに見える。早く方(かた)をつけたい。

「いいけど、二〇秒だけだぞ」

おれはそう言って、ウィルとケイティにうなずき、二人きりにしてほしいと目で伝えた。

「聞こえただろ？」

ウィルはすでに後ずさっていたロバートをさらに後ろに押しやり、ケイティもラニアを押しやった。声が聞こえないくらい離れたところに四人が移動すると、おれは小声で言った。

「なんの用だ」

「昨日、街じゅうでトーマスを探し回っていたらしいじゃない」

「は？　なんで知ってるんだよ」

メイ・リーは質問には答えず、きいてきた。

「本当にトーマスに謝りたいの？」

おれはマキューアン夫妻に向けたのと同じ、真剣で悲しそうな顔をしてうなずいた。メイ・リーは持ち時間のはずの二〇秒たっぷり、おれを見つめていた。そしてようやく心を決めた顔で言った。

「わかった。放課後、公園のベンチのところで待ってる。トーマスを探すのに協力する」

「ほんとに?」

メイ・リーがこんなにばかだとは思わなかった。おれの演技にだまされるなんて。

「うん。ただし、わたしが言ったことを全部やるならね。どっちにしろ、あなたがしたことを、わたしやお父さんがあなたのお父さんに伝えたら困るでしょう?」

おれはとまどってきいた。

「それ、どういう意味だよ?　どうしてお前のお父さんが関係あるんだ?」

メイ・リーはにやりとした。

「あなたがきちんとトーマスに謝って埋め合わせをしなかったら、その答えがわかるでしょうね。じゃあ放課後に。ひとりで来なさいよ」

何か言い返そうと口を開いたけど、出てきたのは熱い息だけだった。頭が真っ白だ。メイ・リーはくるりと背を向けてポニーテールをゆらしながら、怪物メデューサに半分、石に変えられたみたいなラニアとロバートのところに帰っていった。校庭のみんなもまた遊び始めたけど、ちらちら横目でおれを見ている。

「ねえ、どういうこと?」

ケイティは、おでこに永久に跡がつきそうなほど深いしわを寄せてきいてきた。

「べつに」

おれはメイ・リーと話していた事情を何かでっち上げようと、あせって考えた。そんなおれを二人はとまどった顔で見ていたけど、ケイティがはっと息をのんで言った。

「えっ、ちょっと待って！　ひょっとしてあの子、ヘクターと付き合いたいの？　ヒーッ！」

「そんなわけないだろ！　くだらねー！」

あわてて言い返すと、ウィルが飛びはねながらおれを指さした。

「そうか！　ヘクターと付き合いたいんだ！」

おれは首をふり、ウィルの腕を力いっぱいなぐった。

「うるせー！」

ウィルは「なんだよ」と言いながら腕をこすった。ケイティはおれの剣幕におどろいて言った。

「わかったから、落ち着いてよ」

それからは二人はもう何もきいてこなかったけど、学校にいる間ずっと、バレバレのスパイみたいにおれとメイ・リーをじろじろ見ていた。

下校の時間になると、三年生たちをマキューアンズ・スイーツまで三人で追い回してから、ウィルとケイティに「今日は早く帰らなくちゃいけないんだ」と言って別れた。そして公園のベンチまで走っていくと、メイ・リーがいた。ベンチにこしかけて本を読んでいる。ここでも本の虫かよ。

メイ・リーはおれに気づいて言った。

「やっと来たのね」

「は？　遅れてないだろ！」

「はいはい。そんなワニみたいにかみつかないでよ」

立ち上がったメイ・リーを地面に押したおしてやりたかったけど、手はポケットに突っこんだ。ビビらせて、二度とばかにした話し方ができないようにしてやりたい。でも、今はメイ・リーの情報がたよりだ。午後の間ずっと、頭の中でぐるぐるうずまいていた質問をした。

「おれがあの人……トーマスを探してるって、どうして知ってるんだよ」

メイ・リーは首をかしげ、ベルガラ先生にそっくりな視線でおれを見た。頭の中で一〇ケタの掛け算をしようとしているかのような目。

「わたし、お父さんと大通りのスープキッチンでボランティアしてるの。このあたりのホームレスの人たちがみんな来るところ。お父さんはみんなと友だちで、いろんな話を聞くの」

そうか、ホームレスの人たちには秘密のネットワークがあるんだ！　その拠点がスープキッチンか。警察は知ってるのかな？

「でもお前のお父さんが、どうしておれのお父さんを知ってるんだ？　スープキッチンには行ってないぞ」

少なくとも、おれの知るかぎりは。

「新しいドキュメンタリーの撮影をしたいって、電話をいただいたのよ。近いうちにスープキッチンにいらして、わたしたちの様子を撮影なさるって」

おれは舌打ちして、まくし立てた。

「どうしてお前なんかを撮影するんだよ？　先生にごますってるだけのやつを」

メイ・リーのほおは、ピンクのレモネードを一気に注がれた二つのカップみたいに、ぱっと赤くなった。

「わたしを気に入ってくださってるの。『きみは重要な存在だから、撮影させてほしい』って」

おれはメイ・リーをにらみつけた。すねをけってやりたい。おれのお父さんと話して気に入られて、ドキュメンタリーに登場してほしいって言われた？　おれは登場してほしいなんて、一度も言われたことはないのに！　お父さんにとって、おれは重要な存在じゃないんだ。

「その話はいい。とにかくトーマスの居場所を教えろよ」

「いいよ、行こう」

でもメイ・リーは公園の外には向かわず、丘を池の方へとくだっていく。

「どこ行くんだよ？」

後を追いながらきいた。ひょっとして、これはわななのか？　この先にメイ・リーのお父さんと秘密のホームレス団が待ちかまえていて、おれを池に突き落として復讐しようとしてるんじゃないだろうか？

「トーマスのところに決まってるじゃない」

「でも公園にはいないだろ。昨日、確認したんだぞ」

「あのね、トーマスは公園の同じところにずっといるわけじゃないの。向こうの木の下で寝るのも好きなのよ。寒い日や雨の日はべつだけど。そういうときは夜行バスに乗って寝る」

「どうしてそんなこと知ってるんだ?」

「友だちだから。知り合ってもうすぐ一年になるな。お父さんがスープキッチンでボランティアを始めてからだから」

池の向こう側まで行くと、カシの木立にたどり着いた。空に向かってまっすぐのびていて、緑の葉っぱの制服を着た軍隊みたいだ。メイ・リーは木々の間をまっすぐに歩いていく。どの木も太くて高いから、日光さえ通るのに苦労していて、うす暗い。

でも、その中に見つけた。小さな緑色のテントと、その横の赤い寝袋にすわる背の高い人影。しわの寄った黒いコートを着て、汚れた白いスニーカーをはいて、黄色い毛糸の帽子をかぶっている。

「こんにちは、トーマス!」

メイ・リーが手をふりながら丸太を飛びこえて近づくと、その人はほほえんで立ち上がった。

「おお、やあ! 今日はどうしたんだい?」

メイ・リーはおれが追いつくまで待ってから言った。

「トーマス、こちらはヘクター。わたしのクラスメイトなの。トーマスに会いたいって言われて。ヘクター、こちらはトーマス。謝罪(しゃざい)する相手よ」

三人の物語

「謝罪だって？」

トーマスは何のことかわからない様子できき返し、おれとあく手しようと手を差し出した。でも体臭がひどいし、手も汚れていそうだから、おれはひらひらと手をふってかわした。

「気にしなくていいよ。気が進まないならあく手しなくても……」そう言いながらおれを見るトーマスの目は、次第に大きくなっていった。「ちょっと待て！　あのときの子だな。カートを池に沈めた、あの！」

メイ・リーはトーマスのコートの袖に触れて言った。

「謝りに来たの」

おれは、謝りたいときの顔ってこんな感じかなという表情を、なんとか作って言った。

「そう。すみませんでした」そして、本当のことをつけくわえた。「たまたま、ああなっちゃったんだ」

「たまたま？」トーマスの顔はビーツ〔赤カブのような形の野菜〕みたいに赤紫になった。「わたしは見ていたんだぞ！　きみがベンチまでやってきて、カートを押して丘をかけ下り、池に投げ込むのを！」

「ちがう！　いや、その、カートを遠くに運ぼうとしたんだ。ただ木の間にかくそうと思って。でも……コントロールがきかなくなった」

メイ・リーが法廷の裁判官のように、話を整理した。

「つまり、ヘクターはカートを沈めるつもりはなかったの」

トーマスは憮然とした顔であごひげをなでた。

「そうか。しかし、わたしは信じないよ。この子がほかの子どもたちにどんなことをしているか、これまで見てきたからね。この子はいじめっこだ。なおる見込みのないやっかい者さ！　さらにたちが悪いのは、ホームレスが何より大切にしているものを台無しにするのがかっこいいと思っていることだ」そして、おれに一歩にじり寄った。「図星じゃないか？　きみはただのいじめっこだろう？」

おれはにらみ返した。足ががたがたふるえ、両耳は二発のロケットランチャーのように飛び出しそうだ。

「ああ、そうだよ！　でもなあ、おれはどろぼうなんかしないぞ！」

「なんの話だい？」

トーマスはきき返し、メイ・リーはとまどった顔でおれを見ている。

「しらばっくれるなよ！　見たんだ！　土曜の夜に、ピカデリーサーカスの噴水のところにあんたがいるのを。これで居場所がわかったから、今から警察に行って、犯人だって教えてやる。みんなが探してるどろぼうは、あんただ！」

トーマスはあっけにとられた顔でおれを見下ろすと、メイ・リーにきいた。

「この子は、どうかしちゃったのかな？」

「マジで言ってるんだ！　おれは見たんだから。そのコートもひげも、何もかもあんたそのものだった！　その帽子だって！」

「帽子？」

トーマスは帽子をぬいで、しげしげと見ている。

そのとき、おれは眉間にしわを寄せて考えた。あれ、何かちがうような……。トーマスの髪の色は、土曜の夜に見た犯人の髪より濃いな……。まあ、きっとスクリーン広告の明かりで、髪の色も明るく見えたんだろう。

「そうさ！　それと同じ帽子をかぶってた。どうせ、その帽子だってどこかで盗んだんだろう？　高価な像をいくつも盗んだのと同じように」

トーマスはまたメイ・リーを、次におれを、そしてテントを見ると笑い出した。

「まったくなんてことだ……このわたしが像を盗んだ犯人だとは！」

そして、おれの腕をがばっとつかみ、「きみ……」とささやきながら顔を近づけてきた。

「こんな暮らしをしているわたしが、大きな像を次々に盗んだりすると思うかい？」そして後ろの寝袋とテントを指さした。テントにはあちこちに穴が開いている。「ここがわたしの家だ。土曜の夜もここにいた。ピカデリーサーカスになど行っていない」

その場から立ち去りたかったけど、腕を強くつかまれている。トーマスは「ほら」と言って背すじをのばし、何か四角くて茶色い小さなものをポケットから取り出して、おれに投げた。でも、おれが取りそこねたから、足元に落ちた。

「それを見なさい。わたしが絶対に盗みなどしない二つの理由が、そこにある」

メイ・リーがきつく細めた目で見つめている。ひろい上げると、財布はひとりでに開いた。お父さんが持っているのと同じような財布だ。お父さんの財布は紙幣やクレジットカードでパンパンだけど、この財布には紙切れや新聞の切り抜きがいくつもしまってある。片側には透明のプラスチック窓があって、下の方が焦げた、色あせたピンクのカードが中に入っているのが見える。焦げていない部分にトーマスの顔写真がある。一〇〇年くらい前に撮ったんじゃないかな。頭にはまき毛がふさふさ生えていて、ひげはきれいにそってあるから。写真の上には文字が印刷されている。

運転免許証
トーマス・ベンジャミン・チルバース博士
生年月日・国籍：一九七六年一月一日　イギリス

反対側にも、ひびの入ったプラスチック窓があり、たたんだり開いたりを一〇〇〇回はくり返したような古びた写真が見える。赤毛のショートヘアの女の人が、まだ髪の生えていない赤ちゃんの頭にキスしている。赤ちゃんは両手を口に入れて笑っている。
おれは写真の二人を指さしてきいた。

「これ、だれ？」

「わたしの二つの理由だ。盗みをはたらくくらいなら、路上で二人に恥じない生き方をする方がいい」トーマスは財布を取り返すと、コートの内ポケットにそっとしまった。「メイ・リー、もうこの子を連れていってくれ。二度と連れてこないでほしい。こんなたちの悪い子どもに物笑いの種にされて持ち物を台無しにされ、ここにまでやってきて罵倒されるなど、まっぴらだからね」

メイ・リーは小さな声で言った。

「トーマス、ごめんなさい。本当に謝るつもりなんだと思ってたの」

そして「行くよ」とおれの袖をつかんで引っぱっていこうとした。でもふと立ち止まり、リュックサックからアルミホイルの包みを取り出すと、寝袋の上に置いた。

「これ、トーマスが好きだからって、お父さんが。チョコバナナだよ」

トーマスはおれからは目をそらしたまま、メイ・リーにうなずいた。

池の方へと木々の間を早足で進みながら、メイ・リーは言った。

「つまり、謝るつもりなんて、はなからなかったってことね？」

「謝るつもりだったよ！」

おれはメイ・リーの前に立ちふさがった。

「いいえ。像を盗んだ犯人だって、言いがかりをつけたかっただけでしょ」

「盗んでるところを見たんだ。だから警察に言わなくちゃ――」

でも、メイ・リーにさえぎられた。

「ばかなこと言わないで。わたしはトーマスをよく知ってる。絶対に、絶対に盗みをはたらくような人じゃない。だから、ほっといてよ。トーマスだけじゃなくて、わたしも、ほかのみんなのこともほっといて！」

そしておれを両手で押しのけると、丘をかけ上がっていった。

「待てよ！　あの女の人と赤ちゃんはだれなんだ？　あの人、カートのことくらいでどうしてあんなに怒ってるんだよ！」

メイ・リーは立ち止まり、ゆっくりとふり返った。鼻息がすごく荒くて、鼻の穴から火がふき出しそうだ。そして、おれのところまでもどってくると、目の前にいるのに大声で言った。

「あの写真に写ってたのは、トーマスの奥さんとお嬢さんよ！　何年も前に、車の事故で亡くなったの。運転していたのはトーマスよ」

「ひょっとして、それで……ホームレスになったのか?」

「人は悲しみに耐えられないこともあるのよ。愛する人が亡くなったときもそう。悲しみが深すぎて」その声にもう、怒りはない。メイ・リーはため息をついた。「うちのお父さんはそう言ってた。トーマスもそうなってしまったの。悲しくて孤独なトーマスに手を差しのべる人は、だれもいなかった。悲しみにおおいつくされて働けなくなって、家を失って。しばらくは車で寝泊まりしていたけど、車も手放すことになって。それで路上生活するしかなくなったのよ」

「そう……」

なぜか鼻水が出てきて、袖の裏でふいた。

「公園で生活しているのも、あのベンチが好きなのも、それが理由。奥さんはあのベンチで過ごすのが好きだったから。これで満足?」肩をすくめるおれに、メイ・リーはつづけた。「それと、最後の質問への答えだけど。あのカートには新聞がたくさん積んであった。公園のゴミ箱から集めて回って、リサイクルセンターに持っていってお金をもらってたの。そのお金で毎日、食べ物をじゅうぶんに買えてた。でもカートに積んでいたのは新聞だけじゃなくて……」

「ほかに何が？　ビニール袋のことか？」

「ううん、ビニール袋だけじゃなかったのよ！　カートの底に、アルバムを一冊しまっていたの。奥さんとお嬢さんの写真がたくさん入ってた。でももう二度と取りもどせない。あなたのせいで！」

　メイ・リーの肩ごしに池が見える。鼻水がどんどん流れてきて、おれは両袖でふいた。長い沈黙が訪れた。

　メイ・リーはおれの目を見ずに、うつむいてようやく口を開いた。

「もうトーマスに近づかないで。失礼な態度を取る人に近づいてほしくない。連れていかなければよかった。あなたはいじめっこなだけじゃない。うそつきよ」

　そして背すじをのばし、堂々と去っていった。取り残されたおれは、トーマスの古びたベンチを見つめていた。

やってきた巡査たち

次の日の朝、おれは公園をさけて遠回りして学校へ向かった。メイ・リーのこともトーマスのことも、夜通し次々に頭に浮かんできた疑問の数々も、何ひとつ考えたくなかった。学校に早く着いて、校庭のいつもの壁ぎわのところで、こっちを見てくるやつらをにらみつけながら待っていると、ウィルがやってきた。それから少しすると突然、ケイティが人だかりからぬけて、かけてきた。

「ねえ！　昨日の夜のこと聞いた？」

おれと顔を見合わせたウィルは、ケイティにきいた。

「今日は来るの早いな」

ケイティは肩をすくめた。

「お兄ちゃんが車で送ってくれたから」

おれとウィルは何も言わなかった。ケイティは、そのあたりの話題に反応されるのを嫌うから。たとえ、ほかの国で暮らしている、母親のちがうお兄ちゃんが数年ぶりに家に帰ってきて、学校まで車で送ってくれたというときでも。

ケイティはまたきいてきた。

「で、聞いた？　今度はティンカーベルが盗まれたって！　ラジオのニュースで言ってるのを、車の中で聞いたの」

「ティンカーベル？」

妖精ティンカーベルが盗まれるだなんて、ケイティは何を言っているんだ？って顔で、ウィルがきいた。

「そう、『ピーター・パン』の。グレート・オズモンズ・ストリートとかいう名前の、子どもたちが行く有名な病院があるでしょ？　あそこの建物の外に、ピーター・パンの像があって、指先にティンカーベルの像もついてたの。今度もあちこちに黄色い記号が残されてたんだって」

「おれがどろぼうだったら、自動販売機を盗むのに」

そう言ったウィルに、ケイティはきき返した。

「どうして?」

ウィルは肩をすくめた。

「変な妖精の像より、自動販売機の中身の方がいいよ」

おれはきいた。

「防犯カメラに犯人は映ってたのかな?」

「ううん、今度も映ってないって。でもラジオで警察署長が言ってたんだけど、ホームレスの人たちを集めて取り調べするらしいよ。黄色い記号が残されてるから、疑ってるんだね。ベインブリッジ市長もラジオに出てて、犯罪者たちを路上から追い出すために、新しく条例を作る予定だって言ってた。ねえウィル、どうやって自動販売機を盗むの?」そして、さっと向こうに視線をやった。「あの子、転校生かな?」

ラジオでほかに何か言っていなかったかときたかったけど、ケイティはもう転校生の男の子に気が向いていた。ぴかぴかの新品のリュックサックを背負ったその子をじろじろ見ながら、小銭をいくら持っているか予想しているようだ。

ケイティとウィルはその子を追いかけていき、おれもついていった。でもそれから授業の間も、ランチの時間も、いつものようにだれかのランチトレーを引っくり返したり、お菓子や小銭をまき上げたりしながらも、心がざわざわしていた。考えたくないのに、トーマスと財布の中の写真がびっくり箱の中身のように、ひっきりなしに頭に浮かんでくる。最後の休み時間、あまりに気持ちがざわめいていたから、気づいたらランディから小銭をまき上げずに見逃していた。

それで気づいた。おれ、何かおかしいぞ。

意外そうな顔でうれしそうに走り去っていくランディを見ながら、ウィルがきいてきた。

「具合でも悪いの？」

「うん、そうみたい」

ミキサーでぐちゃぐちゃにされている果物みたいな気分だ。

「ちょっと、病気うつさないでよ」

ケイティは口をおおって、おれから一歩離れた。

「大丈夫だよ」

そう言ってから、ふっと思った。二人とも、どこかに行ってくれないかな。

ケイティが言った。

「メイ・リーのせいで気分が悪くなったんでしょ。教室でずっと、ヘクターのこと変な目で見てたよね」

　気分が悪いのはメイ・リーのせいじゃないと答えようとしたとき、授業の始まりのベルが鳴った。でも教室にもどって席に着くと、ケイティが言っていた通り、メイ・リーが妙な表情でおれを見ているのに気づいた。おれの視線に気づくと、さっと目をそらした。また見てきたら、視線で「見るな」と伝えようと思って、じーっとメイ・リーを見つめつづけた。そのとき、ベルガラ先生が大声で言った。

「みなさん静かに！　今日はお客様がいらしているので、読書の時間はとりやめにします。今、ロンドンが直面している重大な問題について、みなさんにお話があるそうです。……犯罪の件です」

　教室じゅうの目玉がおれとウィルとケイティの方を向いた。おれは人を殺しそうな目で、みんなをにらみつけた。先生はつづけた。

「みなさんの耳にも入っていると思いますが、残念なことにロンドンは今、窃盗犯のせいで大変なことになっています。とても貴重な公共の財産が次々に盗まれています」

　すると後ろの席でネルソンが声をはり上げた。

「透明人間だ。見えない窃盗犯！」

先生はほほえんだ。

「そうですね、そう呼ぶ人たちもいます。男性か女性か、単独犯か複数なのかもわかりませんが。でももちろん、本当に透明人間になれる人はいませんね」

ネルソンはがっかりした顔でうなずいた。

「今、ロンドン市長と警察は、窃盗犯をつかまえようと全力を尽くしています。そしてわたしたちに、ささいなことでも見逃さないでほしいということで、お話しにいらっしゃいました」

先生がそう言って教室のドアを開けると、警察官が二人、入ってきた。

みんな一斉に背すじをのばし、これまでの人生で悪いことなどひとつもしたことがないって顔をした。警察官の二人がホワイトボードの前に立つと、先生は言った。

「では、よろしくお願いいたします」

フィリップ巡査とミリアム巡査はみんなの緊張をほぐそうと、じょうだんを言ったりしてひとしきり時間を無駄にした後、ようやくみんなが知りたい話題に入った。見えない窃盗犯のことだ。

でも初めて耳にする情報は何もなかった。「どんな犯罪にも、地域で総力を挙げて立ち向かわなければなりません」とか「警察はどんな窃盗も許しません」とか「わたしたちが守るこのロンドンは、みなさんのロンドンです。協力して守っていかなければなりません」とか、そんな話だけだった。

しばらく上の空で聞いていたけど、ミリアム巡査がこう言うのが聞こえてきた。

「何か気になることを目撃したら、注意して記憶してほしいことがあります。どんな人だったか。どんな物だったか。場所。時刻。そして安全第一で警戒して、ありのままを通報してください。何か質問のある人はいますか？」

ほとんど全員の手が、空に向かって一斉に放たれた矢のように挙がった。

「どうして、まだつかまってないんですか？　ひょっとして本当に透明人間なんですか？」

「どうして記号は全部、黄色でかかれてるんですか？」

「ホームレスの人たちを全員、逮捕するんですか？」

「犯人がホームレスなら、盗んだものはどこにかくしてるんですか？」

「パディントンベアの像は、いくらするんですか？」

二人の巡査は、透明人間はいない、ホームレスだというだけで逮捕したりはしない、像の値段はわからないと答えた。そしてフィリップ巡査は、ラジェシュが「フンッ！」と声を上げながら、腕を体から外そうとしているのかと思うくらい高く手を挙げているのに気づいて、声をかけた。

「はい、あなた、ご質問をどうぞ」

ラジェシュは机にドンッと腕を落としてきいた。

「『ビッグイシュー』を売っている人たちにも事情聴取するんですか？　ぼくのお母さんの会社の横で、いつも売っている人たちが三人いるんです！」

鼻のつまったラジェシュが発音する「ビッグイシュー」がおかしくて、おれはつっこんだ。

「『ビッグティッシュ』じゃねえの？」

ケイティとウィルと、何人かがくすくす笑うのが後ろから聞こえてきた。

ミリアム巡査が眉間にしわを寄せておれを見たから、あわてて目をそらしてうつむいた。

フィリップ巡査の声がした。

「何かおかしいですか？」

うつむいていても、フィリップ巡査の視線を感じる。教室は一瞬にして静まり返った。

おれがどう出るか、みんなが注目している。おれはうつむいたまま言った。

「何言ってんだか」

前の方から、ベルガラ先生の大きなため息が聞こえた。フィリップ巡査は目の前までやってきていた。

「お名前は？」

ラジェシュが小さな悲鳴を上げて、おれからできるだけ離れようとしている。おれは顔を上げ、フィリップ巡査の電球みたいな形の大きな鼻を見ながら答えた。

「ヘクター」

「ヘクター・……何？」

「ヘクター・ナニじゃありません。苗字はランディス」

おれは笑いそうになりながら言った。フィリップ巡査は首をふって言った。

「困った子ですね。警察をからかうのを賢さだとかんちがいしている」

「ええ、実際、あなたより賢いですからね」

反射的に言い返した。みんなははっと息をのみ、後ろの席から「うっわー」とささやく声が聞こえる。フィリップ巡査は腕を組んで、首をかしげた。

「どうしてわかるんですか？」

おれは教室を見回した。だれひとり、息をしていない。ベルガラ先生の前髪までが、おれが次に何を言うかと前のめりになって見つめているようだ。メイ・リーが「だまれ」とでも言うかのように、キッと目を細めておれをにらんでいる。でも、おれの方が賢いのは本当だ。メイ・リーも警察も知らない犯人を知っているんだから。トーマスの本性を見抜けないなんて、メイ・リーはまぬけだな。今に真実を知ることになるぞ。みんなもな！トーマスとメイ・リーに仕返ししてやる。

「あなたより賢いですよ。だって、おれは見えない窃盗犯の正体を知ってるから」そして腕組みをした。「犯人を見たんだ。どうやって照明と防犯カメラを一斉にオフにしたかも知ってる。その瞬間を見たんだから」

「まさか！」

「そんなわけない！」

「うそだ！」

「ありえないでしょ！」

みんながささやくなか、ミリアム巡査はおれに近づいてきいた。

「何か目撃したんですか、ヘクター？」

するとベルガラ先生が言った。

「ヘクタアー――、うそを言っていいときではありませんよ」

「うそじゃない！」おれは、すわったまま背すじをぴんとのばした。「おれは現場にいたんだ。土曜にピカデリーサーカスでスケボーしてて、犯人を見た。でも向こうはおれに気づいてない。ウィルにきけばいい」そしてウィルを指さした。「バスで街に出て、おれだけひとり残った。そしたら犯人が噴水の像から弓を盗んでいくのを見たんだ！」

みんなにさっと視線を向けられ、ウィルの顔は一瞬でマスカット色に染まった。そして、うなずいてつっかえつっかえ答えた。

「おれ、いや、ぼく……はい……一緒に……行きました……」

二人の巡査は眉間にしわを寄せてウィルを見つめ、しばらく顔を見合わせると、先生に言った。

「ベルガラ先生、差し支えなければ、ヘクターに廊下でいくつか質問をさせていただきたいのですが」

「もちろん、どうぞ」先生はおれの名前を大きなため息とともに吐き出した。「ヘクタアー――、行きなさい」

おれはゆっくりと立ち上がると、わざとギーッと大きな音を立ててイスをもどした。クラスのみんなは、おれが話をかき回したと思っているだろう。でもちがう。巡査たちの後について教室のドアに向かいながら、ショックを受けているメイ・リーに満面の笑みを向けてやった。おれはだれよりかしこいんだって証明してやる。

ヘラクレスの発見

下校のベルが鳴るころには、おれが巡査に教室から連れ出されたことは学校じゅうに知れわたっていた。

巡査に何を話したのか、みんなに教えてやるのはかんたんだけど、秘密にしておく方がずっとおもしろい。その間は優位に立てる。ベルガラ先生も校長先生も上級生たちも、おれを見る目が変わっていた。できるだけ長くこの状態でいたい。

「なあ、何を見たんだよ？」

校庭にかけ出したおれに追いつくと、ウィルはきいた。いつもならこわがって近寄らない下級生たちも、追いかけてきて後ろで聞き耳を立てている。ケイティがリュックサックを手に走ってきた。

「どうしてだまってたの？」

「明日話すよ」

おれはそう言ってかけ出した。警察がおれの話を聞いてトーマスを逮捕したか、早く公園に行って確かめたい。

「待ってよ。どうして今じゃだめなの？」

声をはり上げるケイティに、おれは大声で返した。

「家に帰らなくちゃ。明日話すよ！」

マキューアンズ・スイーツの外に立っているみんなの視線も、マキューアンさんのご主人が向けてきたけわしい顔も無視して、全速力で大通りをわたり公園に入った。

黄色い立ち入り禁止テープや、警告灯を光らせたワゴン型パトカーや、アリの集団みたいに公園じゅうを這って鑑識作業をしている警察官たちがいるかと思って見回した。

でも何ひとつ、変わりはない。いつも通りのつまらない公園だ。いるのは下校中の子どもたち、ベビーカーを押す人、イヌと遊ぶ人、ジョギング中の人。警察官はひとりもいないし、パトカーも一台もいない。

そのとき、後ろからだれかがハアハアと息を切らしながら声をかけてきた。

「ねえ」

ふり返ると、メイ・リーだった。学校からずっと追いかけてきたんだろう。びしょびしょのタオルを顔に投げつけられたみたいに、汗だくだ。メイ・リーはわき腹を押さえながらきいてきた。

「警察に……ハア、ハア……なんて……ハア……言ったの？　トーマスが……犯人だなんて、言ってないよね？」

　おれはじろりとにらんで言った。

「どっちだろうと、お前には関係ないだろ」

　メイ・リーは首をふった。

「あなたって……ほんっとうに……大ばか！　トーマスじゃないって知ってるくせに！」

「あいつは、うそついてるんだよ。おれは見たんだから」

　メイ・リーは、体育の授業で何周も走らされたときにおれがするのと同じように、わき腹をいっそう強く押さえた。そしてそれ以上何も言わずに、池に向かって走り出した。

　何をするつもりなのか察したおれは後を追って、メイ・リーと同時にカシの木立にたどり着いた。昨日と同じ場所にトーマスはいた。テントのわきにすわって、日焼けした本を読んでいる。

おれとならんでかけ寄(よ)りながら、メイ・リーは呼(よ)びかけた。

「トーマス！」

眉間(みけん)にしわを寄(よ)せて読んでいたトーマスは顔を上げ、その瞬間(しゅんかん)、くっついていた左右のぼさぼさのまゆ毛が二匹(ひき)の毛虫みたいにたがいに離(はな)れていった。

「やあ」笑顔(えがお)でそう言ったトーマスの表情(ひょうじょう)は、おれを見てさっとけわしくなった。「調子はどうかな？」

メイ・リーは首をふって、おれを指さした。

「ヘクターが警察(けいさつ)に言ったの。見えない窃盗犯(せっとうはん)の正体はあなただって。すぐに逮捕(たいほ)しに来るはず。そしたら刑務所(けいむしょ)に入れられちゃう。逃(に)げなくちゃ！」

「なんだって？」トーマスは思わず本を落とした。「どうしてそんなことを言ったんだ？」

おれは勝ちほこって言った。

「言っただろ、見たって。あんたは建物の入り口の前に寝(ね)そべってて、おれは通りの反対側のバス停(てい)にいたんだ。そっちからはおれは見えなかっただろうけど、おれは見てた。あんたがしたことを全部！　リモコンみたいなのをかかげて、街の明かりを全部消して、噴水(ふんすい)にのぼって像(ぞう)の弓を切り取ったんだ」

「言っただろう、わたしじゃないと。……待て、本当に見たのかい？」トーマスはあんまり大きく目を見開いたから、目の下のくまが半分どこかへ行ってしまった。「窃盗犯を見たのか？」

「うん、あんたを見た」

トーマスは立ち上がり、おれの身長くらいある大きな黒いリュックサックに急いで荷物を全部つめこみながら言った。

「やっかい者め。いいか、だれを見たのか知らないが、わたしじゃない。ほかのホームレスでもない。秘密の記号をそこいらじゅうにかいて回るなんてことは、路上生活の仲間たちは決してしない。農園のバナナを盗む道具さえ持っていないわたしたちが、公共の芸術作品を盗む道具を持ち合わせていると思っているなら、きみは思った以上に愚かな子だな！」

「正体を見ぬかれて、キレてるんだろう！」

トーマスはリュックを肩にかつぐと、おれを見下ろして声を落とした。

「きみの見立ては間違っている」

するとメイ・リーが泣きそうな顔で言った。

「トーマス、本当にごめんなさい。わたしが悪いの。連れてくるべきじゃなかった」

トーマスは、メイ・リーのほおをトントンと優しくたたいて言った。

「いや、気にすることはないよ、慣れているからね。おかしなことが起きると、なぜかいつもわたしたちのせいにされる。ここにいい居場所があると、お父さんからみんなに伝えてもらえるかな」

そしてテントをあごで指すと、立ち去ろうとしたから、おれは呼び止めた。

「待って」

そしてトーマスを公園に足止めする方法がないか考えた。公園から出ていってしまったら、警察は見つけられない。そしたら、つかまえたのはおれだと、だれにもわからなくなっちゃうじゃないか！　なんとか説得しよう。

「警察はもうこっちに向かってる。逃げたら、いっそう立場が悪くなる」

トーマスはコートの内ポケットに財布をしっかりとしまって言った。

「どうも。後は運まかせだ。警察のお仲間に、わたしの幸運を祈ってくれと言っておいてくれるかな。それと、きみは視力を検査した方がいい」

そして背を向け、歩いていった。メイ・リーはおれをにらみつけた。これまでもおれを嫌っていたけど、今はその一〇〇万倍も嫌っているのが伝わってくる。そしておれが身構える間もなくズカズカと近づくと、さけび声をとちゅうで切り上げたみたいな大きなうなり声を上げて、おれを地面に押したおした。

あっけにとられて何も言えずに、メイ・リーを見上げた。するとメイ・リーはおれが立ち上がる間もなく、木々の間をかけぬけて、トーマスが歩み去っていったばかりのまぶしい日光のトンネルの中へ消えていった。

おれも立ち上がって、急いで後を追った。でも二人の姿はイヌや散歩する人、ジョギング中の人、サイクリング中の人たちにまぎれてしまっていた。どっちの方向に行ったのかもわからない。公園は広いし出口はいくつもある。どうしようもなくて家に帰ることにした。メイ・リーのせいで計画が台無しだ。

＊＊＊

「ヘクタア――！　帰ってきたの？」

玄関のドアを開けるとすぐに、お母さんの声が聞こえてきた。そしてお母さんは、駐車違反切符を切ろうと待ちかまえていた監視員みたいに、廊下に飛び出してきた。きかなくても、おれだってわかってるだろ？　そう言いたかったけど、やめた。顔を見て、怒っているのがわかったから。

ヘレンがリビングから顔を出して、安全な距離で見物している。

「大事なミーティングの真っ最中に、電話がかかってきたのよ。ヘクター、心当たりがあるんじゃない？　まさかうちの息子が、警察の事情聴取を受けたって聞かされるなんて！　警察よ！」

おれはだまったまま次の言葉を待った。お母さんがどなっているときにさえぎると、話がいっそう長くなるから。

「犯行現場を目撃した作り話を警察にするなんて、信じられない！　どれだけ大変なことをしでかしたか、わかってるの？」

「いや」おれはお母さんの横を通りすぎ、階段をかけ上がった。「作り話じゃない！」

「おりてきなさい！」お母さんはおれの言葉を無視してさけんだ。怒っているけど、二階まで追いかけてくるほどじゃないらしい。「もうすぐお父さんが帰ってくるから、待ってなさい。もう、がまんの限界よ！　ヘクターがしでかしたことを弁解したり、次はどんなトラブルを起こすかといつも心配したり、そういうのにはうんざりなの！」

おれは自分の部屋のドアをバタンと閉めると、リュックサックを床に放り投げた。でもすぐに、ドアに近づいてくる足音がして、ドンドンと荒っぽくノックする音がした。そして返事もしないうちに、ドアがバンッと開いた。ドアに鍵をつけてほしいと思ったのは、これが一〇〇万回目だ。

入ってきたのはヘレンだった。上気した顔は、いつにも増してニキビだらけに見える。

「あっち行けよ」

おれが言うと、ヘレンはきいてきた。

「どろぼうを見たって、本当に警察に言ったの？」

「うん。で？」

ヘレンは腰に手を当てて言った。

「警察にうそをついたら刑務所に入れられるのは、知ってるよね？」

「うそはついてない」おれはヘレンを部屋から押し出し、目の前でドアを閉めてやった。

「見てろよ！」

ヘレンはドアごしにどなった。

「ああそう、ならもう助けてやんないからね！」

「助けてくれたことなんか、ないだろ！」

ドカドカと階段をおりていく音が聞こえる。

お腹がグーッと鳴ったから、ベッドの下からお菓子の箱を取り出して、特大のチョコナッツバーと袋入りのオニオンリングを食べ始めた。そしてパソコンのスイッチを入れ、オニオンリングのくずを袋から口に流しこんだとき、ドアがバタンと開いた。またヘレンかと思い、出て行けとどなろうとしたけど、入ってきたのはヘラクレスだった。透明のホッピングに乗っているつもりで、おれの周りを飛びはね始めた。なぜか左右のまゆがラメの線でつながっている。

「ビョーンビョーンビョーン。ヘプター、見て！　ジャーンプ！」

そしてベッドにのぼると、まくらの上で飛びはねた。おれはイライラして言った。

「やめろって。おりてあっちに行け」

「ビョーンビョーンビョーン」

ヘラクレスはもっと高くジャンプした。おれはヘラクレスを押しやって、安全に床に着地させて部屋から追い出そうとした。でも思ったより強く押してしまって、ヘラクレスは床に転がり落ち、洋服ダンスに頭を打ちつけた。そして顔を真っ赤にし、口に指を何本もつっこんで大声で泣き始めた。こんなふうに泣くのは、すごく傷ついたときだけだ。

「シーッ！　ごめんヘラクレス。大丈夫？」

おれはヘラクレスが転んだときにいつもそうするように、両腕をさすってやった。でも泣きやまない。

「押した！　押したー！」

「そんなつもりじゃなかったんだよ」

リサかお母さんが階段をかけ上がってくる音がする。おれはお菓子の箱を引っぱり出した。

「ほら、どれでも持ってっていいから。その代わり、泣くのはおしまいだぞ？」

ヘラクレスは少しの間、指を強くしゃぶっていたけど、おれが頭にケガをしていないか確かめている間に、なんとか涙を飲みこんだ。頭の横に、ロールパンみたいな小さなたんこぶができている。たんこぶがすぐに引っこんで、リサやお母さんに怒られませんように。そしたら、もう二度とヘラクレスを押したりしない。おれは自分にそう誓った。

「これ、もらっていい？」

ヘラクレスは涙目でおれを見て、一つだけ残っていたキャラメルコーティングのチョコナッツバーを指さした。いつもなら絶対にゆずらないお菓子だ。

「いいよ」

おれは包みを開けてやった。ヘラクレスはほかのお菓子もひとつかみ取ると、ベッドにのぼって何事もなかったかのように食べ始めた。

おれはパソコンに向かった。サンダースさんの手伝いをしたから、お父さんが新しいパスワードを教えてくれたんだ。三〇分しか手伝っていないんだけど。お願いされたのは草むしりだけで、大急ぎでやったら早く終わったんだ。おれはお菓子の袋のカサカサする音や、ヘラクレスがハムスターみたいに食べる音を追い出すために、ヘッドホンをつけ、どろぼうが残した記号の意味を調べ始めた。お父さんは、もともと意味を知っている人にしかわからないようになっていると言っていたけど、インターネットで調べればわかるはず。

画面の上の検索バーをクリックしたとき、ヘラクレスが言った。

「見て、ヘプター！　ぼく、ヘレンだよ！」

とけたチョコレートをぷくぷくした指につけ、顔や鼻のあちこちに点をかいている。おれはニッと笑った。

「そっくりだな。早くヘレンのとこに行って、見せてやりなよ」

　でもヘラクレスは首をふってベッドからおりると、おれのとなりにやってきて「ブッブー」と車の音をまねし始めた。おれは検索バーに「ホームレス　どろぼう　黄色い記号」と入力し、出てきたたくさんの画像をヘラクレスと一緒に見ていった。ピカデリーサーカスに残された三本の斜線や、セルフリッジズに残された大きな丸、パディントン駅の槍の先みたいな記号、指先のティンカーベルが消えたピーター・パン像の足元のシルクハット。でも何を表しているのか、その意味が説明してある画像はひとつもない。

　ピーター・パン像の画像を縮小して風景全体を表示したとき、ヘラクレスがニコニコしながら画面を指さして言った。

「トイレ」

「何言ってるんだよ。トイレじゃないよ」

　でもヘラクレスはもう一度指さして言った。

「トイレだもん！　どんな字か知ってるんだから。リサが教えてくれたんだ！」

　おれは画面に顔を近づけ、ヘラクレスが指さす先を見た。ピーター・パン像のある病院のとなりの建物に、白い旗のような形の看板がかかっていて、大きな赤文字で「ＴＯＬ

ＥＴ」と書いてある。赤文字の上には「ロードシップロンドン不動産」と文字があって、それをはさんで両はしに、火をはく二匹の青いドラゴンのマークがかかれている。おれは説明した。

「トイレ（ＴＯＩＬＥＴ）じゃなくて、賃貸（ＴＯ ＬＥＴ）って書いてあるんだよ。部屋を借りたい人たちに向けた看板」

　でもヘラクレスはトイレから頭が離れないようで、おれが画像をスクロールしていくと、表示される画像全部に「トイレ！」とさけんだ。そしてしばらくすると飽きて、階段をかけおりて一階へ行き、ヘレンにチョコレートバージョンの顔を見せに行った。

　ヘラクレスがいなくなって集中できるようになったはずなのに、記号の意味について何も情報を見つけられなかった。だからあきらめてゲームを起動し、世界を次々に侵略していくことにした。

間違いだ！

それから週末までの数日間は、おれが犯人を目撃した話で学校じゅうが持ち切りだった。ランディやラビニアや、おれがいつも追い回しているやつらさえ、おれがお菓子やポテトチップや小銭をせびりながら話を聞かせてくれたと、みんなに自慢していた。でもそれは大ぼらだ。おれはだれにも何も話していないから。ウィルとケイティにさえ。まるで見えない言葉が見えない種に水をやるように、話は勝手にどんどん大きくなっていった。金曜の授業が終わるころには、おれはウィルがトリプルバージャンプで足を骨折しかけた後、見えない窃盗犯をひとりでスケートボードで追いかけた勇者だという話になっていた。

そんななか、メイ・リーだけはうわさ話に興味がなさそうだった。だからおれは、なんとか気を引こうとした。足を引っかけ、悪口を言い、変な弁当を笑い、ウィルとケイティにたのんで偶然をよそおって、うんとふっておいた炭酸オレンジジュースを全身にぶちまけてもらった。そんなこんなでこれから丸一週間、居残りさせられることになったけど、それでもメイ・リーはおれなど存在しないかのようにふるまっていた。

炭酸ジュースの件で校長先生から居残り日数を倍増されて、その初日をこなした金曜、家への帰り道でケイティが言った。

「あの子に何かしてやろうよ。わたしたちのこと、全然こわくないって態度じゃない？　変だよね」

　するとウィルが言った。

「何してやるか、週末に考えよう。なあ、明日、ピカデリーサーカスにスケボーしに行かない？　犯人がもどってくるかもしれないし」

　ケイティは鼻で笑った。

「もどってくるわけないじゃない。同じ場所で二回も盗むやつなんていないよ。今週起きた窃盗事件も、全部バラバラの場所で起きたでしょ？　まずはスクエアで起きて……あのなんか、チーズの名前が由来の……」

　ウィルはニッと笑った。

「レスターチーズ［チーズの一種］な。おれの好物」

ケイティはあきれて目をぐるりと回した。

「そうそう、レスター・スクエアね。で、次はチャーリー・チャップリンの杖が盗まれて、その次はメリー・ポピンズの傘、それからべつのパディントンベアのサンドイッチ。でもその後は、デパートの玄関前のランタンが盗まれたんだよね。ほらあの、女王様がいつも食べ物を買う――」

「フォートレス&メイソンな」

物知り顔で割りこんだウィルに、ケイティが首をふりふり突っこんだ。

「フォートナム&メイソンね。どれも、なんで盗むのかわからないのばっかりじゃない？でもとにかく、同じ場所にはもどってきてないよね」

「て言ったってさ、全部、ロンドンの同じエリアにかたまってるよな。フォートナム&メイソンは噴水のところから通りをまっすぐ行くだけ。だから、ひょっとしたらひょっとするぞ？」

ウィルは応援してくれとでも言うかのような目で、おれを見た。ウィルも警察に事情聴取されて、おれみたいに有名になりたいんだ。それをわかっているから、おれは同情して、こう言っておいた。

「そうだね」

ケイティがきいた。

「明日は公園に行かない？　お兄ちゃんが新発売のフリスビーを買ってくれるって言うの。投げると音がするやつ」

ウィルは肩をすくめた。

「いいけど」

「おれは行けない」

おれはそう答えた。警察署に行くつもりだということは、まだ伝えたくない。トーマスが逮捕されたら、おれのことが新聞で報じられて、みんなが間違っていたって証明される。そのニュースでびっくりさせたいんだ。警察はおれの証言をきちんと記録して、調書を作成したいらしい。お母さんにそう伝えられた。つまりお母さんも、やっとおれの話を真剣に聞く気になったんだ。

「まだ外出禁止だから」

一応、事実だ。おれがそうつけくわえると、ケイティは言った。

「そんなのばかみたい」

「だよな」

めずらしく大人にまともに話を聞いてもらえて、正式な調書が作成されるなんて、わくわくする。

＊＊＊

警察での事情聴取は、思っていたのとはちょっとちがった。

警部補のワイドさん――おれの二倍はありそうなワイドな顔だ――がおれとお母さんを待合室に案内して、まず伝えたのは、窃盗犯についての情報提供の電話が、おれ以外にも何百人もの人たちからかかってきたということだった。

「ですが」ワイドさんは、しげしげとおれを見ながら言った。「捜査内容と矛盾がないのは、あなたの証言だけです。そこで、ご了承いただけるなら証言を記録させていただきたいのですが」

情報提供者が何百人もいたと知って、おれのテンションは下がってしまった。ワイド警部補の話が終わると、ミリアム巡査と、スケッチ担当だというリドルズさんがやってきて、おれとお母さんをせまい灰色の部屋に連れていった。そして同じ話を何度もさせられて、目撃したことを全部話すように言われた。おれが本当のことを言っているか確かめようとしているときの校長先生みたいだ。

山ほど質問された。何を見たか。見ていないか。ウィルと乗ったのはどのバスか。何が起きたか。その正確な時刻。犯人は間違いなく、公園にいるトーマスか。うんざりして、犯行を目撃したなんて、だれにも言わなければよかったとまで思い始めた。

おれはため息まじりに答えた。

「さっき全部話しましたよね。名前はトーマスで、公園に住んでます。マキューアンさんのお店の前にいるときもあります。現場で見たのはその人です」

ミリアム巡査はほほえんだ。

「しっかり確かめておいて、損はないですからね」

「あなたはそうですけどね」

おれはぼそっと言って、テーブルの脚を音はするけど物は落ちない程度にけった。ミリアム巡査は言った。

「では最後の質問です。ピカデリーサーカスで目撃した男性の姿を、正確に教えてもらえますか？　できるだけくわしくお願いします」

おれはハアーと大きく息をついて、あの日に見たトーマスの姿を伝えた。リドルズさんは鼻や目、まゆ毛の生え方について、また山ほど質問してきた。おれが答えるのを聞きながら、ひざの上のスケッチ帳に大きな音を立てて素早くえがいていく。リドルズさんはオレンジ色のくるりと曲がった口ひげを生やしていて、メガネもオレンジだ。警察で働くような人には見えない。

「あごひげはふわふわでしたか？　まき毛でしたか？」

この質問をされるのは七回目だ。

「どっちもです。ふわふわでまき毛」

「こんな感じですか？」

リドルズさんはスケッチをかかげて見せた。おれの証言からトーマスの似顔絵を作成しようとしているけど、人の顔を思い出して説明する経験は初めてだから、ぴったりな言葉が思いつかないところもある。でもトーマスのふわふわでまき毛のあごひげや、しわの寄った黒いコートのえり、少し曲がった鼻は本物そっくりにスケッチされている。たぶんどれも、特に重要な部分だ。

おれがうなずくと、ミリアム巡査はおれに「ありがとうございました。もう帰宅していただいて大丈夫ですよ」と言い、お母さんには「何かありましたらご連絡いたします」と伝えた。

　でもたいていの大人と同じで、ミリアム巡査はうそをついた。なぜって、それからなんの連絡もなかったのに、日曜の夜にテレビのニュースで流れたから。リドルズさんがかいたトーマスの似顔絵を背景に、レポーターが全世界に伝えたんだ。「見えない窃盗犯」がついに目撃されたと。「匿名の通報者」によって。

「ヘクター――！　匿名の通報者だって！」

　リサは声をはり上げ、お母さんはおれの背中をぽんぽんたたきながら「あなたがほこらしいわ」と言った。ヘラクレスは意味もわからず拍手している。ヘレンはむすっとして何も言ってこなかった。そしてお父さんがノルウェーのどこかから電話してきて、おれに「よくやったな」と言い、警察に協力したごほうびとして何かほしい物を買ってくれると約束した。ヘレンはそれを知ると、いっそう不機嫌になった。

　月曜の朝に家を出ると、街のあちこちに似顔絵が貼ってあった。警察は「この男に見覚えは？」という文字とともに似顔絵を載せた大きなポスターを作り、新聞に掲載するだけでなく、巨大スーパーの広告掲示板やバスの車体や電柱に貼り出し、牛乳びんの特別パッケージにまでしていた。マキューアン夫妻のお店のショーウィンドウにまで一枚貼られていた。今まで、あの夫婦があそこにポスターを貼るのを許可したことなんて、一度もなかったのに。迷子になった子犬を探すポスターさえ拒否していたんだから。

ウィルとケイティが、警察に窃盗犯の顔を伝えたのはおれだとみんなに広めたから、次の日にはみんながおれにつきまとって、ポスターにサインをしてほしいとせがんできた。でも、そうやって差し出されたポスターの似顔絵を何度も見るにつれ、次第に違和感が大きくなっていった。水曜になると、警察がおれをからかって、似顔絵を少し変えたんじゃないかと思い始めた。

「あの似顔絵、カートのあの人に見える？」

学校の外に貼られているポスターに、角と赤毛の口ひげを落書きしているウィルとケイティに、おれはきいた。

ケイティは一歩下がって、首をかたむけてポスターをながめて言った。

「うん。こうやって見ると、あの人に見えるよ。ちょっとたるんでる感じだけど」

するとウィルが言った。

「そうだな。ちょっと年とって、人相が悪くなった感じ」

それから三人で、あと三枚のポスターに角や鼻くそやトカゲの舌をかき足し、おれのサインを入れた。そしておれは、どうしてあの似顔絵を見るともやもやするんだろうと考えながら、家に向かった。

玄関のドアを開けると、いいにおいが鼻に飛びこんできた。やったー！　リサが作る皮つきフライドポテトは、どんな食べ物よりおいしいんだ。いつも量が足りないけど。

おれはキッチンのすみにリュックサックを放り投げると、テーブルで色鉛筆とラメ入りペンを使って何かかいているヘラクレスにきいた。

「何してるの？」

するとヘラクレスは、かいていた紙をニコニコしながら得意げにかかげてみせた。それは、あのポスターだった。似顔絵にキラキラの星を散りばめ、毛糸の帽子を緑にぬってある。

そこへリサがやってきて、フライドポテトとチキンナゲットが入ったボウルと、皿を一枚、おれの目の前に置いた。

「このポスター、どこから持ってきたの？」

おれがきくと、リサはヘラクレスの髪をなでて言った。

「電柱からはがしてきたのよね？　ほら、早く食べて。ヘラクレスはさっき食べたの。もうすぐヘレンが友だちを連れてくるから、テーブルを空けないと」

「げーっ」

おれはつぶやいた。ヘレンの友だちはみんな嫌いだ。うちに来てすることといえば、ファーなんかがついた鉛筆で宿題をするふりをしながら、架空の彼氏の名前をノートの裏にかいたり、くすくす笑ったりするだけ。

てんこもりのフライドポテトとチキンナゲットに、ケチャップを火山の爆発みたいにかけると、おれはせかせかとポスターに色をぬっていくヘラクレスを横目に食べ始めた。ヘラクレスが没頭しているときは、鼻歌を歌いながら、すわっているイスを足でドラムみたいにキックしているから、すぐにわかる。目を青い色鉛筆と金色のラメでぬり終えて、あごひげを赤のクレヨンでぬり始めた。帽子の下からツンツン突き出している髪は、銀のラメでぬってある。

そのとき、おれはふと食べるのをやめ、はっと息をのんだ。どうして一日じゅうもやもやしていたのか、ポスターに感じていた違和感の正体がわかったんだ。

あの日、噴水で見た男の人は、スクリーン広告に向かっておじぎをするとき、帽子をぬいだ。……そのとき、頭のてっぺんが見えたんだ。銀色にかがやいていた。ヘラクレスがぬった銀のラメみたいに。つまり、あごひげと色がちがう。あごひげは茶色。でもトーマスの髪はあごひげと同じ、どっちも茶色。この前、公園でおれに怒って帽子をぬいだときに見た。つまり……つまり……。

似顔絵は間違ってる、でも正しい。

「あー！」

クレヨンが線からはみ出して、ヘラクレスは声を上げた。

リドルズさんは、おれが特徴を伝えた通りに似顔絵をかいた。でもポスターに載っている顔はトーマスに見えない。なぜって、おれが伝えたのはトーマスの顔じゃなかったからだ！　別人の顔。なぜか見覚えがある、年をとった男の人の顔。でも全然、なじみがない……。

特大のフライドポテトが手から落ちた。おれはガタンとイスから立ち上がった。空腹はどこかへ行ってしまった。地球上のだれもしでかしたことのない、とんでもない間違いを犯してしまった。その間違いに気づいているのは、おれただひとりだ。

スープキッチン

次の日の朝は、灰色の空から雨がふっていて、風も強かった。まるで急に冬がもどってきて、おれの気分をもっと憂鬱にしようとしているみたいだ。コートのファスナーがこわれていて、パーカーも見つからなかったから、学校に行くとちゅうでぬれてしまった。校庭に着くと、まだ始業のベルは鳴っていないのに、校長先生がみんなに早く教室に行くようにと声をかけていたから、だれからもお菓子をまき上げるひまはなかった。強風で校舎はふるえ、ゆれているようだ。大きな雨粒が窓に弾丸のように打ちつけてガラスをすべり落ち、くねくねと水跡をつけていく。

この天気のせいで、みんな静かだった。ベルガラ先生が、始業のベルが鳴るまでは好きに過ごしていいと言ったけど、おしゃべり以外にすることもない。だからといって、宿題をするようなまじめなやつは、ラニアとジョセフくらいだ。メイ・リーでさえ宿題はせず、ロバートとクスクス笑いながらパズルをしている。

ウィルとおれがケイティの席に行くと、ケイティは両手でほおづえをついて言った。

「たいくつすぎて死にそう。ほんとに死ぬことあるかな?」そしておれたちが答える間もなく、つづけた。「ラビニアとあの転校生の男の子に、マーブルキャンディも持ってきてって言ってあるんだ……ランチの時間に取りに行かないと」

ウィルはうなずいたけど、おれは上の空でロバートとメイ・リーを見ていた。ウィルがおれの腕をぽんとたたいた。

「どう思う、ヘクター?」

「ん?」

「七二だってよ、信じられるか?」

「え、何が? マーブルキャンディ?」

「ちがうよ、ホームレス。昨日、警察がホームレスの人たちを七二人、逮捕したって」

「えっ?」

不意に気分が悪くなってきた。

「ポスターの効果だね」ケイティが耳の後ろでメガネのフレームのはしを持って、上下に動かしながら言った。「ねえ、同じ顔した人たちが行列作ってるとこ想像したら、おかしいよね！」

　その話は本当なのか、きき返そうとして口を開いたとき、始業のベルが鳴り、ベルガラ先生がみんなに席に着くように言った。おれも立ち上がって自分の席にもどった。いつも登校して席に着くと、となりの席のラジェシュにこっそりパンチをくらわせるんだけど、今日はそんな気にならなかった。ただただ家に帰ってベッドにもぐって、ズキズキする頭を休ませたい。

　下校の時刻がやってくるのをひたすら待ったけど、なかなかやってこない。時間が経つのがおそい。雨と風と低くたれこめる灰色の雲のせいで、どの授業も永遠に終わらない感じがする。ベルガラ先生はみんなの気分を上げようと、休み時間に音楽を流したり、ランチの時間におもしろい本を読み聞かせしたりしたけど、そのうち自分もたいくつになってきたみたいで何もしなくなった。

　空と学校の空気が、どんどん暗くじめじめしてくるにつれ、おれはあのポスターと、ケイティが行列を想像していたホームレスの人たちのことを考えずにはいられなくなった。おれが間違った証言をしたかどうかは、問題じゃないのかもしれない。見た通りに証言したのは本当なんだから。ちがったのは窃盗犯の名前だけで。逮捕された七二人の中に、おれが見た犯人がいるかもしれない。もしいなくても、七二人の中には犯人を知っている人がいるだろう。少なくとも黄色い記号の意味はわかるはず。それに、テレビではいつもホームレスの人たちのことを地域の「問題」だと言っている。どっちにしろ、その七二人が路上にいて、いいことは何もないんだ。逮捕されて路上からいなくなったなら、おれは世の中の役に立つことをしたんだ。

　でもそうなら、どうして頭だけじゃなくお腹までズキズキし始めたんだろう？　銀色の髪の真犯人の代わりに、トーマスがつかまって刑務所に入れられたんじゃないかって、どうして心配になるんだろう？　おれのせいでホームレスの人たちが逮捕されたんじゃないかって、どうして気がかりなんだろう？　どうでもいいことなのに！

　どうでもよくないのは、わかってる。だって、もし真実が明らかになったら、警察もメイ・リーも、お母さんもお父さんもヘレンも校長先生もベルガラ先生も、マキューアン夫妻も学校のみんなも、おれを臆病者でうそつきだと思うだろう。わざとトーマスをおとしいれたと。もう二度と、言葉も行動も信じてもらえなくなる。ヘレンが警告していた通り、警察はうそをついた罪で逮捕するかもしれない。……真実を明らかにしないと。手を借りられる相手はひとりだけだ。今じゃ、おれが嫌っているよりもずっと、向こうに嫌われているけど。おれは授業中もずっとあいつを見ているのに、向こうは一度もおれに目を向けようとしない。

ようやく下校のベルが鳴り、カンガルーみたいに席から勢いよく立ち上がるみんなに、ベルガラ先生は言った。

「上着を着て暖かくして帰ってくださいね。明日、だれも風邪を引いていないようにね」

ケイティとウィルはコートを着なかった。今日はまだ木曜だから、この後は居残りだ。メイ・リーにちょっかいを出したせいで、校長先生に金曜まで居残りを指示されている。

おれがコートを着ていると、ウィルがきいてきた。

「あれ、帰るの?」

「うん、頭痛くて」

おれはそう答えて廊下にかけ出した。メイ・リーと話さなくちゃ。そのために居残りをさぼって、校長先生があと三日、延長したとしても。

校門を出たところで、ラニアとロバートとジョシュアとならんで歩いているメイ・リーを見つけ、たたきつける雨を身をかがめてよけながら、少し距離を取って後をつけていった。ロバートとジョシュアはマキューアンズ・スイーツに立ち寄るために別れ、メイ・リーとラニアは公園の方へ歩いていく。ずっとラニアと一緒だったらどうしようかと思ったけど、通りのはしまで来ると、ラニアは右に曲がり、メイ・リーは手をふって左に曲がった。

おれは足を速めてついていった。メイ・リーはいつもなら公園の中を通るのに、今日はどうして外を回り道して行くんだろう？　一つ目の入り口も、二つ目も入らずに通りすぎていく。そして急に走り出したから、おれも走って追いかけた。もう少しで追いつくというとき、メイ・リーは突然止まったから、ぶつかるところだった。

メイ・リーはふり返って、黄色いレインコートのフードの下から見つめてきた。

「どうしてついてくるの？」

フードのひもをあんまりきつくしばっているから、その顔は押しつぶされたレモンみたいに見える。おれは寒さにふるえる声で言った。

「話がある。ポスターと……ト、トーマスのことで。おれ……間違ったみたいだ」

メイ・リーはじっと見つめてくる。ずぶぬれで寒くて、顔の感覚がない。

「わたしに近づかないでよ」

返事をする間もなく、メイ・リーは背(せ)を向けて早足で通りを歩いていき、大通りの手前の交差点を右に曲がった。走って追いかけていくと、メイ・リーが大きな赤レンガの建物のドアに向かっていくのが見えた。ドアの上には「スープキッチン　どなたでもどうぞ」と文字のある横断幕(おうだんまく)がかかっている。

思わず「げっ」と声が出たけど、仕方なく後を追って中に入ることにした。大きな木製(もくせい)のドアから入ると、そこは大きな広間だった。テーブルとイスがたくさんならんでいて、コートを着た人たちが話しながら紙コップで紅茶(こうちゃ)を飲んでいる。雨にぬれたイヌと腐(くさ)った果物みたいなにおいが充満(じゅうまん)していて、口の中に味まで広がってきそうだ。鼻をつまんでメイ・リーを探(さが)すと、周りの人たちに手をふりながら奥(おく)へと歩いていくのが見えた。

明るいむらさきのコートを着た男の人が、ぐいっと親指を立てて声をかけている。

「お、メイ・リーが来てくれたのか。今日はいい日だな」

メイ・リーもその人に向かってぐいっと親指を立てた。

「メイ・リー！」

おれは大声で呼(よ)びかけたけど、メイ・リーは無視(むし)して歩いていく。紅茶(こうちゃ)の入った紙コップを手にした、ぼさぼさの金髪(きんぱつ)の女の人がじょうだんっぽく声をかけた。

「ねえ、メイ・リー、料理にもっとスパイスを足してって、お父さんに言っておいて」

その目は若くも見えるし、年寄りにも見える。土の中から掘り起こしたばかりのような、ズタズタで泥だらけの大きなビニール袋をかかえている。メイ・リーは足を止めずに答えた。

「オッケー」

おれは追いつこうと、人ごみをかきわけながら呼びかけた。

「ちょっと、メイ・リー……待てよ！」

すると、茶色の長い髪を編みこみにした男の人が声をかけた。

「メイ・リー、今日はぼくの好きなクッキーはある？」

「きいてみるね」

メイ・リーは大声で返した。広間の奥にたどり着いた。広いステンレスのカウンターの向こうに、大きな銀色のキッチンがあって、青いビニール手袋をはめ、「ロータス・スープキッチン」と書かれた黒いTシャツを着た人たちがたくさんいる。紅茶を入れたり食材を切ったり、せわしなく動き回っている様子は、まるでダンスをしているみたいだ。

「メイ・リー、遅かったね」

背の高い男の人が、バターの大きな包みを開きながら言った。みんなと同じ黒いTシャツと、色あせた青いジーンズ姿だ。髪はメイ・リーと同じ黒で、短くてツンツン立っている。輪郭もメイ・リーそっくりだ。

「ボランティアが何人か来ていないから、今日は手が足りないんだ」

そう言って、メイ・リーの頭のてっぺんにキスをした。

「遅くなってごめん」

メイ・リーはそう言って、相変わらずおれを完全に無視したままコートをぬいだ。男の人はおれに気づいてきいた。

「ん？　この子は？」

「友だちです」おれはメイ・リーが答える前に、あわてて言った。「その……手伝いに来たんです」

そしてメイ・リーに目をやった。でもメイ・リーはまっすぐに前を向いたまま、おれには見向きもしない。

「ボランティアを手伝ってくれるなんて、助かるなあ。わたしはメイ・リーの父のチェンだよ。娘の新しい学校の友だちに会えてうれしいな。名前はなんていうのかな？」

「ケビン」

すかさずメイ・リーが答えた。おれはじろりとにらんだけど、メイ・リーはまっすぐにチェンさんを見ている。チェンさんはおれとメイ・リーにほほえんだ。ギスギスした空気には気づいていないみたいだ。

「ケビン、ずいぶんぬれてしまっているね。でも、その腕は頑丈そうだな！　二人とも手を洗って、チーズをすりおろしてくれないかな？　ジャガイモを二〇〇個くらいもらったから、チーズが山盛り必要なんだ」

気が変わったと言って逃げる間もなく、女の人からビニールのエプロンと手袋をわたされ、背中を押されてキッチンのど真ん中に連れていかれた。

メイ・リーが、するどい目つきで言った。

「じゃあ行くよ。手伝いに来たんでしょ？　それとも、ビビってるの？」

「ちがうよ」

おれはメイ・リーの後について、流しへ向かった。そしてメイ・リーがするのを見よう見まねで手を洗い、エプロンと手袋を着け、大きな金属製のテーブルの前にならんで立った。すると、お芝居なら難なく巨人役を演じられそうな大きな男の人が、見たこともないくらい大きなチーズのかたまりをおれの目の前に置いて、フッと笑って言った。

「うまくやりなよ、新人さん」

メイ・リーが自分に割りふられたチーズをすりおろしながら言った。

「早くして」

そして数分おきに手を止めて、目の前に次々にならべられていく湯気を上げるアツアツのジャガイモの上に、すりおろした山盛りのチーズを乗せていく。

メイ・リーに負けたくなくて、おれも猛スピードですりおろしていった。キッチンはみんなが料理をする音でにぎやかだ。電子レンジのピーピーという完了音、オーブンのブーンという運転音、鍋でお湯が沸騰しているグツグツという音。ベイクドポテトのほかにも、いろんな料理ができあがっていく。ひとりの女の人は容器にご飯と、何か赤いソースをまぶしたインゲンマメを盛って、笑顔で待つ人たちに手わたしていっている。そのソースの色を見て、メイ・リーの弁当の中身を思い出した。変な弁当だとからかって、取り上げてゴミ箱に捨てるより、味見させてもらった方がいいのかもしれない。メイ・リーの弁当に入っているのが、このインゲンマメの料理の半分でもおいしそうなにおいだったら、いつだってわけてほしい。

広間をふり返ると、さっきより人が増えていた。体臭の強い、ぼろぼろの身なりの人たちが大勢来ている。イスにすわって、「ロータス・スープキッチン」のTシャツを着た人たちとあく手し、うなずきながら話している人もいれば、チェスやカードゲーム、ボードゲームをしている人もいる。広間の反対側の奥には古着が山積みになっていて、その真ん中で女の人が、やってきた人たちに合う服を探すのを手伝っている。その人の横のテーブルには食べ物の缶詰や袋入りのパンが乗っていて、男の人がみんなに配っている。ポテトチップやチョコレートバーは見当たらない。パンやベイクドビーンズの缶詰じゃなくてお菓子がほしい人がいたら、どうするんだろう？

　ずっとチーズをすりおろしていたら腕がつかれてきたから、スピードを落として、また広間を見回した。ほかの人たちよりも身なりが整っている若い女の人が、こっちへ歩いてくる。目は充血し、顔も赤くて、その後ろをずぶぬれで悲しそうな顔をした子どもが二人ついてくる。その人はキッチンのカウンターまで来ると、チェンさんに手をふって小さな声できいた。

「こんにちは、チェン。何か子どもたちにやれそうなもの、ないかな？」

「もちろん、いつだってあるよ」

チェンさんはそう言ってキッチンの奥に行くと、ベンチの下から大きな袋を二つ引っぱり出した。袋の中には、お菓子やポテトチップやおもちゃがいっぱいに入っているのが見える。子どもたちはうれしそうに手をたたいて、袋の中身をのぞいている。すると女の人が泣き出したから、チェンさんは抱きしめた。

「差し押さえの話がどうなったか、聞かせてくれるかな?」

そう言って広間のすみのだれもいないテーブルまで連れて行き、二人でイスにこしかけた。

「あの人、どうして泣いてたんだ?」

おれはメイ・リーがチーズをすりおろすスピードに追いつこうとがんばりながら、きいた。メイ・リーは意外と力が強くて作業がはやい。

メイ・リーは答えたくなさそうに肩をすくめたけど、説明した。

「ご主人が毎日、あの人にひどい態度をとっていて、それにギャンブルばかりしているから、食べ物を買うお金がいつも足りないそうなの。それで子どもたちを連れてここに来るようになったんだって。ここでもらった食べ物だけで一日乗り切ることもあるらしいの。わたしのお父さんやここのみんなは、あの人が家を失わないように、なんとかしようとしてるのよ」

「そうなんだ」

そのとき、さっきの大きな男の人が、おれの横にまた大きなチーズのかたまりを置いて、歌うように言った。

「ほらほーら、どんどーんすりおろしてくれよー。あと一〇〇人分作らなくちゃー！　今夜はいっそがしいなあ」

そういえば、スープはどこにも見当たらないのに、どうしてスープキッチンなんだろう？

焼いたジャガイモ全部にチーズを乗せて配り終えるころには、腕がしびれて、マラソンを三〇回したみたいに疲れきっていた。チェンさんがおれとメイ・リーに、グラスに注いだ牛乳とクッキーをわたしてくれた。

「お疲れ様、ケビン。ほら、たくさん働いてくれたお礼だよ」

おれはクッキーと牛乳に目を落として言った。

「ちょっと待って」そしてメイ・リーを見た。「給料はもらわないの？　クッキーだけ？」

するとメイ・リーは、ぐるりと目を回して言った。

「給料なんて、だれももらわないよ！　ボランティアなんだから」

おれはキッチンを見回した。さっきの大きな男の人も、焼き立てのクッキーを大皿に乗せていっている年配の女の人も、ラジオの音楽に合わせてダンスしながら調理器具を洗っている若い二人の男の人も、みんなどうかしてる。

メイ・リーはキッチンの奥のベンチまで歩いていって、こしかけた。おれもついていき、メイ・リーがクッキーにかぶりついて牛乳を飲むのを見ていた。少しすると、ベンチのはしにすわってきいた。

「どうしてお父さんにケビンだって言ったの？」

「本当はだれだか知ったら、追い出すだろうから」

体がかっと熱くなった。

「それって、お父さんに言ったってこと……？」

メイ・リーはうなずいた。

「体じゅうに炭酸ジュースをぶちまけられたり、ひざをすりむいたりして帰ってきたら、話すしかないでしょ」

おれはクッキーを食べないまま、てのひらで引っくり返したりしていた。おれがしたことを、だれかが家に帰って親に言うなんて、考えたこともなかった。おれのお母さんたちが学校であったことをきいてくるのは、トラブルを起こしたときだけだ。ほかのみんなもそうだと思ってた。

「そっか」

そう言ったきり、どうしていいかわからず口をつぐんだ。それから何秒か無言の時間が流れた後、メイ・リーが言った。

「何がしたいのよ。どうしてここまでついてきたの?」

「言っただろ、間違ったみたいだって。警察に教えた犯人の名前は間違いだったと思う。だからあの人を見つけたいんだ。トーマスを。居場所を知ってる?」

メイ・リーは首をふった。

「公園からいなくなったあの日から、だれも姿を見ていないの。あなたが警察にうそをついたって知った、あのときから」

「うそはついてない。そんなつもりなかったんだ。トーマスだと思ったんだよ、犯人がそっくりだったから。本当だって! でも昨日、思い出したんだ。おれが見た犯人は、スクリーンの前で帽子をぬいでおじぎした。そのとき、頭のてっぺんの髪は銀色だった。

トーマスの茶色い髪とはちがったんだ」

信じてくれるかどうか、メイ・リーの表情をうかがった。きつく目を細め、下くちびるを見えなくなるほどぎゅっと噛んでいる。

しばらくして、メイ・リーは言った。

「それで、どうしたいの？　警察に行って、間違いでしたって言うの？」

「それはできない。わざとうそをついたと思われて逮捕される」

「でしょうね」

おれはできるだけゆっくりと牛乳を飲みこみながら、次の言葉を待った。もうこれ以上ゆっくり飲めないと思ったとき、ようやくメイ・リーはうなずいた。

「わかった、協力する。犯人はトーマスでも、この人たちでもないって警察にわかってほしいから」

そして広間にいるホームレスの人たちを見た。ほっとしたおれの口から、うっかり小さなげっぷが出た。

「ありがとう」

メイ・リーはしばらく考えてから、身を寄せて言った。

「トーマスを見つけなくちゃ。犯人じゃないって証明する方法はひとつしかない。真犯人をつかまえること。それには協力がいる」

そしてキッチンのカウンターに目をやった。あの大きな男の人が、みんなにテイクアウトの料理を手わたしている。メイ・リーは呼びかけた。

「ソロ、今日はキャットウーマンは来てる？」

男の人は灯台のようにゆっくりと頭の向きを変えながら広間を見回して、首をふった。

「いーや、今日は来てないねー。友だちのところに行っているのかもしれないなあ。でも土曜には来ると思うよ。土曜のランチに来なかったことはないからねー」

「ありがとう、ソロ」メイ・リーはおれに視線をもどしてきいた。「土曜の一二時に、ここに来られる？」

「うん。どうして？」

「プランを考えたの。でもまずはキャットウーマンと話さないと」

キャットウーマンとメイソン

金曜は校長先生に指示された居残りがあったし、メイ・リーがおれに協力しようとしているのをさとられないように、ケイティとウィルをメイ・リーに近づけないよう気をつけておかなくちゃいけなかったから、早く一日が終わって土曜になってほしくてたまらなかった。

ようやく土曜の朝になり、目を覚ますと、お腹の中でピンポン玉が三〇個も飛びはねているみたいな気分だった。いつもより早くベッドから出た。キャットウーマンとはだれなのか、トーマスを見つけることとどう関係があるのか、早く知りたい。メイ・リーが考えたプランの中身は何も知らないから、昨日の居残りの時間はずっと、自分で考えたプランを紙に書いていた。メイ・リーのプランの半分も出来はよくないだろう。メイ・リーはトーマスの知り合いをみんな知っているけど、おれはちがうから。でも、おれのとちがってメイ・リーのプランには、マントを着たり、今日の夜までに車を盗んだりするなんていうかっこいいシーンは入っていないだろうしな。

キッチンへ行くと、お父さんが新聞から目を上げて言った。

「お、めずらしく早起きだなあ」

昨日の夜、飛行機でノルウェーから帰ってきた後、徹夜で仕事をしていたんだろう。昨日の服のまんまだし、ひとりきりで濃いコーヒーを飲んでいる。あんまり濃いから、たい肥の山を燃やしているみたいなにおいがキッチンじゅうに立ちこめている。そうか、お父さんとお母さんは今週末、ずっと家にいるんだ。忘れてた。

「今日の予定は?」

お父さんは疑うような顔できいてきた。いつもそうだ。何もしていないときでも、疑うような表情で見てくる。

「何も」

おれは目をそらして冷蔵庫まで行き、牛乳びんを取り出した。でも、あのポスターの特別パッケージのびんで、似顔絵の犯人と目が合ったから、冷蔵庫にもどしてオレンジジュースを出した。

「おいおい、そんなことないだろう。父さんがその年頃だったときは、学校がある日より休みの日のほうが忙しかったぞ！　本を読んだり友だちと遊んだり、ラジオを聞いたり、宿題にクラブ活動に……時間が全然足りなかったもんだ」

「悪いけど、八〇年代に生まれてないから」

おれはぼそっとつぶやいた。親ってどうしていつも、自分が子どものころに何をやっていたかならべ立てて、おれが何もしていないと突きつけようとするんだろう？　その時代にパソコンゲームがなかったり、たぶん小さいころにはテレビもなかったりしたのは、おれのせいじゃないのに。それに、このあたりには参加したいクラブなんてない。タイツをはいて舞台で変な踊りをしたり、つまらないサッカーをしたりするクラブしかない。ゲームクラブもスケボークラブもない。何しろここは、ロンドンのダサい地域だから。

お父さんはおれの言葉にフッと笑うと、また新聞を読み始めた。おれはその姿をじっと見ながら考えた。警察の捜査に協力したごほうびに、お父さんはスケートボードに貼るホログラムのがいこつのステッカーを買ってくれた。でもピカデリーサーカスに行った土曜の夜に帰りがおそかった罰としての外出禁止は、まだつづいていることになっている。昨日まではお母さんもお父さんも家にいなかったから、関係なく外に出ていたけど、今日からは二人は家にいる。外に出てメイ・リーに会うためには、ちょっと頭を使わなくちゃならない。

早起きしてよかった。お父さんを味方につけるには、いいタイミングだ。お母さんより言いくるめるのはかんたんだし。

「お父さん？」

「ん？」

「まだ外出禁止なの？」

「ああ」

「警察に協力したのに？」

「ああ」

「そっか。あのさ……学校の友だちに言っちゃったんだ。今日、ランチの時間にスープキッチンに手伝いに行くって」

もしおれが、素っ裸でみんなにチョコレートエッグを投げつけながら通りを走っていく予定だと打ち明けたとしても、お父さんの反応はもっと落ち着いたものだっただろう。お父さんはコーヒーをブーッと吹き出して新聞をバサッと落とし、歯の詰め物が全部見えそうなくらいに口をあんぐりと開けた。

「スープキッチンに？　お前が？」

「うん！」

きっといつもみたいに、本気にせず笑うだろうな。お父さんは大きな声でもう一度きき返した。

「お前が？」

おれはぶすっとして、もう一度答えた。

「うん」

「そうか……いやいや、なんてこった」

そのとき、ヘレンが「どうしたの？」と言いながら、はずんだ足取りでキッチンに入ってきて、お父さんの首に抱(だ)きついた。お父さんはヘレンに初めておれの正体を打ち明けるかのように、指さして言った。

「ほら、お前の弟。この子がね、言うんだ。今日、スープキッチンに手伝いに行くって」

ヘレンはにやにやしながら言った。

「まっさかー！」

おれはぴしゃりと言った。

「行くんだ！　一二時に！」

ヘレンは本当かどうか確かめようとして、きいてきた。

「へーえ、なんていう名前のスープキッチン？」

おれはぐいっとあごを上げて言った。

「ロータス・スープキッチン。大通りの先の教会の中にある」

お父さんはメガネを押し上げ、おれをまじまじと見て言った。

「あのチェンさんがやっているところか？」

メイ・リーが言っていた通り、お父さんとメイ・リーのお父さんは知り合いなんだ。

「うん。その人の子どものメイ・リーとクラスが一緒なんだ」

お父さんはまだ信じられない様子で言った。

「そうか、それは……奇遇だなあ。ずっと行きたいと思っていたんだが、まだ行ったことがないんだよ。一一時半に車で送っていこうか？」

「うん」

おれはたいしたことじゃない感じで、肩をすくめてみせた。お父さんが車でどこかへ送ってくれるなんて、今年初めてだ。

「映画で求めているような場所かどうか、確かめに行きたいとずっと思っていたんだ。それにヘレンをバイオリン教室に送っていかなくちゃならないしな。一石三鳥だ」

お父さんはウインクした。おれはオレンジジュースと、クッキーも一袋こっそり取ると、二階の部屋にもどった。お父さんが石を投げたがっている三羽の鳥の一羽が自分だっていうのは、なんとも言えない気分だ。

ベッドの下のお菓子箱にあったスナックをぱんぱんにつめこんだリュックサックとスケートボードをかかえて、一一時半きっかりに玄関へおりていった。するとまるで、おれがこれから空港に向かい、二度と帰ってこないかもしれないとでもいうかのように、家族全員が廊下に見送りに集まっていた。

「ぼくも行きたいよう」

だだをこねるヘラクレスに、お母さんは言った。

「今日はだめよ。ヘクター、手伝いに行くなんて、とても立派よ。でも……ちゃんとお行儀よくするのよ?」

「うん」

おれが何するんだろう？　すりおろしたチーズを盗むとか？

車に乗ると、ヘレンはもう助手席にいて、バイオリンケースをかかえていた。

お父さんは土曜の朝の渋滞する道路を、クラクションを鳴らしながらすりぬけていき、スープキッチンの白い横断幕の前で車を止めた。そしてシートベルトを外して言った。

「ヘレン、待っててくれるかな。ちょっと中に入って、チェンさんやボランティアの人たちにあいさつしてくるから」

おれは、はっと思い出した。メイ・リーのお父さんやボランティアの人たちは、おれの名前をケビンだと思ってるんだ！

「だめ、来ないで！」

とっさに言うと、お父さんはふり向いてきいた。

「ん？　どうして？」

「えっと……チェンさんは話してる時間ないから。土曜は一番忙しいって言ってた。てんてこ舞いだから、だれとも話してる場合じゃないって」

お父さんはしばらく考えてから「そうか」と言い、シートベルトを締めた。

「じゃあチェンさんには来週、電話するよ。手伝いが終わったら、まっすぐ帰ってくるんだぞ」

おれはうなずいて車から飛びおりると、お父さんの気が変わらないうちに、急いでドアを閉めた。そしてヘレンの頭を一日じゅう悩ませそうな謎の笑顔を向けて、教会のドアから中にかけこんだ。

広間にはもうボランティアの人たちが何人かいて、ホームレスの人たちを席に案内したり、合う古着を見つくろったりしていた。今日はテーブルの横に新しい看板がある——「クリーニング・ステーション　シャワーはこちら」。ホームレスの人たちがたくさんならんでいる。みんなやっぱり体臭がきついけど、おとといよりはいい気がする。慣れたのかも。

「ケビン！　また来てくれたんだね」チェンさんが笑顔で声をかけてきた。バスタオルと黄色いせっけんをたくさんかかえている。「メイ・リーはキッチンにいるよ。行ってみたら？」

うなずいてキッチンへ向かうと、ドラゴンの鼻からふき出したみたいに、けむりと蒸気がシューッと音を立ててもくもくと上がっていた。木曜よりもずっと人が多くて、かきわけてメイ・リーのところまでたどり着いた。メイ・リーはこの前と同じ金属製の大きなテーブルのところにいて、二人の女の人と一緒に、木箱いっぱいのキュウリを刻んでいるところだった。おれに気づくと、青い手袋をはめた手をふってささやいた。

「もうすぐキャットウーマンが来るよ。でもまず、これを着て手伝って」

そしてエプロンの大きなポケットに入っていた黒いTシャツを差し出した。おれは首をふった。

「まだ一回しか手伝ったことないから、いらないよ」

「うちのお父さんが着てほしいって」

Tシャツを着ると、体の大きなソロがキッチンの向こうから声をはり上げた。

「みんなー、見てくれー！　ケビンが仲間入りしたよー！」

そしておれを指さし、トランペットのファンファーレの音をまねして大きく手をたたいた。すると、キッチンにいるみんなが拍手し始めた。

おれの顔は、目の前の木箱いっぱいに入っているトウガラシみたいに真っ赤になった。頭のてっぺんからは湯気が出ているはずだ。おれはだれとも目を合わせず、そばにあったキュウリを超特急で刻み始めた。メイ・リーが刻みながら笑って言った。

「恥ずかしがらなくていいよ。だれかが新しく入ってくると、いつもこうやって歓迎するの」

　おれが一〇本目のキュウリを刻み始めたとき、ソロが声をはり上げた。

「おーい、メイ・リーちゃん！　キャットウーマンが来たよー！　缶詰のところー」

　メイ・リーはぱっとナイフを手離して手袋を外すと、おれの腕をつかんだ。

「行くよ！」

　おれも手袋を外し、メイ・リーの後について広間に出た。そして人をかきわけて進み、食べ物の缶詰がならぶテーブルの前にたどり着いた。大勢の人が集まって、どの缶詰をもらおうかと選んでいる。

　おれは人だかりを見回して、ネコを抱いている女の人か、ネコのTシャツか『バットマン』に出てくるキャットウーマンのコスチュームを着た女の人がいないか探した。するとメイ・リーは、指の部分のないあざやかなむらさきの手袋をはめた、黒いまき毛の年老いた女の人に近づいていった。

　駅の裏で話した、あの人だ！　どなりつけてきた、おかしな人！

　おれが引き返す間もなく、メイ・リーはその人の腕をぽんとたたいた。

「こんにちは、キャットウーマン」

その人はメイ・リーのほおをトンとたたいて、笑顔で言った。

「あら、こんにちは。ねえ手伝ってくれる？　うちの子たちの食べ物を探してるの」

「ちょっと待ってて、探してくる」

メイ・リーはおれに、そこにいるようにと目で指図すると、人ごみの中に消えていった。

おれはとなりにいるキャットウーマンと目を合わせないように、天井や床に目をやってやりすごそうとした。でも、キャットウーマンがおれをまっすぐに見つめているのが伝わってくる。

「新入りさん？」

そうきかれ、おれはうなずいて、後ろを見るふりをして顔をそむけた。

「メイ・リーの友だち？」

おれはまたうなずいて、今度はくつに目を落とした。

「友だちを連れてくるなんて、初めてだよ。でもどうしてか、そのお顔に見覚えがある気がするのよねえ」

おれは肩をすくめてやりすごそうとしたけど、うっかり目を合わせてしまった。

「あ！」キャットウーマンは指をパチンと鳴らした。「スケボーを持ってた子！」

そのとき、メイ・リーがキャットフードの入ったビニール袋を手にもどってきた。

「あったよ」

キャットウーマンは、おれから一歩離れてメイ・リーにきいた。

「この子、ここで何してるの？　あたしやうちの子たちに嫌がらせしに来る、悪ガキだよ！」

声がどんどん大きくなる。メイ・リーが、本当なのかどうか確かめるような目で見てきたから、おれは首をふった。メイ・リーは信じていいのか疑っている顔で、おれを見ながら言った。

「キャットウーマン、説明させて。ちょと外に出て話そう。協力してほしいことがあるの」

するとキャットウーマンは、ツナの缶詰を二つ持って後ろに立っている、背の高い男の人の腕をたたいた。

「ちょっとメイソン、一緒に来て。あたしとメイ・リーは、この子をよーく見定めなくちゃならないんだ。手伝ってくれる？」

メイソンと呼ばれた男の人は、古びた茶色いぶかぶかのツイードのスーツ姿で、中には少し汚れたシャツを着ている。目の色と同じ青いネクタイには、びっしりと走り書きがしてある。校長先生が白髪で、何年もシャワーを浴びていなかったら、この人にちょっと似てるな。

　その人はうなずいて、キャットウーマンについていった。メイ・リーとおれもつづいて玄関をぬけ、だれもいない外のせまい芝生に出た。

　キャットウーマンはおれにきいた。

「一体、なんなんだい？」

「トーマスを探してるんです」

「なんのために？　ひょっとして警察に連れて行こうってのかい？　とんでもないポスターがあんなにばらまかれて、それなのにまだつかまってないとは驚きだねえ」

　茶色と緑の目に見つめられて思った。この人がキャットウーマンと呼ばれているのは、ネコと一緒にいるからだけじゃないのかもしれない。

「ちがいます。警察に、犯人じゃないって証明したいんです」

　メイソンさんがキャットウーマンの腕をそっとたたいて、おれに言った。

「もう少しくわしく説明してもらえるかな、ぼうや？」

目の前の人が発しているとは思えない、上品なひびきの声だ。

おれはメイ・リーを見た。急に言葉が出なくなったんだ。「間違ってました。悪かったと思ってます」という言葉が出てこない。

代わりにメイ・リーが説明してくれた。銀色の髪をした窃盗犯と、あの夜におれが目撃したこと、どうして警察にトーマスが犯人だと証言してしまったのか、そしておれが間違いを訂正したいと思っていること。

「だからトーマスを探してるの。あの窃盗事件があった夜、トーマスには別のところにいたアリバイがあるはずだから。それに黄色い記号のことを何か知っているかも。それが真犯人をつかまえるのに役立つかもしれない。そしてヘクターが真犯人を突き止めたら、警察はうそをついたことを責めないと思うの。トーマスは親友でしょ、キャットウーマン？居場所を探すのを手伝ってくれない？　お願い」

キャットウーマンとメイソンさんは顔を見合わせて、目で会話した。どういう会話だったのかはわからないけど、メイソンさんはおれに身を寄せて、まるで軍の馬を審査する陸軍大将みたいに威厳のある雰囲気で、顔をまじまじと見つめてきた。そして数秒後、すっくと立ち上がり、キャットウーマンにさっとうなずいた。

キャットウーマンは言った。

「そうね、協力できるかもしれない。間違いを正して、あたしたちが真犯人をつかまえるのに手を貸すつもりが本当にあるなら。少しも時間はむだにできないよ」

おれはきき返した。

「あなたたちがつかまえる手伝い？　それって……もう真犯人を探し始めてるってことですか？」

するとメイソンさんがネクタイを整えながら言った。

「もちろん。窃盗事件はすべてわたしたちのしわざだと濡れ衣を着せられて、ただだまって見ているとでも思うかい？　わたしたちのこの目と嗅覚で、真犯人を突き止めてみせよう」

「でも窃盗犯がホームレスなら、どうしてまだ突き止められてないんですか？」

するとキャットウーマンとメイソンさんは、まるでおれが二人の足を同時にけったかのように、そろって顔をしかめた。キャットウーマンはおれを見て首をふりながら言った。

「真犯人はホームレスじゃない。考えてごらんよ！　あんなものを盗んで回ったら、それを置く場所が必要になるじゃないか。真犯人がだれだか知らないが、公共の財産を破壊したのがホームレスだと思わせるために、あたしたちの秘密の記号を利用したんだ。世間の人たちが、今よりもっとホームレスを嫌うようにね」そして苦笑いした。「それにネコにやる食べ物や、住む家さえないあたしたちに、像なんか盗む時間や気力があるように見えるかい？」

メイソンさんがつけくわえた。

「それにだね、気の向くままに街の明かりや防犯カメラをオフにできるような、たいそうな装置をどこで手に入れられると思う？　あの豊かな我がフォートナムでさえ、そのようなものは売っていないよ！」

「フォートナムって？」

おれがきくと、メイソンさんは首をふって言った。

「近ごろの若い子たちはピンと来ないようだね、キャットウーマン。フォートナム&メイソンのことさ――つつましい我が家は、その角の路上なり」そして大げさにおじぎした。

「卑劣な犯人は、数日前の夜に玄関ドアの二つのランタンを盗んだ。それも、かかげる石の腕ごと！　創業者のフォートナムと友人のメイソンをたたえて何十年も前に設置された、貴重な美しいランタンなのだよ。それがなくなるとは！　まことに口惜しいのは、そのとき、わたしが眠りに落ちていたことだ」

あの夜、ほとんど物音を立てずに素早く犯行におよんでいた犯人を思い出し、おれはきいた。

「何も目撃しなかったんですか？」

メイソンさんは悲しげに首をふった。

「何ひとつ」

メイ・リーはもう一度きいた。

「協力してくれる？　わたしたちが力になろうとしていることを、トーマスに伝えてほしいの」

キャットウーマンはゆっくりとうなずいた。

「わかった。タビーが今日の午後、えさを食べたらトーマスを探して伝えてくれるさ」そしてキャットフードの袋をかかげた。「お腹がすいてちゃ、何もしてくれないからね。ただ言っておくけど、うまくいく保証はないよ。トーマス次第だから。あたしはいつものところにいるから、四時においで。それでいいかい？」

メイ・リーがうなずいたから、おれもうなずいた。タビーというネコが、どうやってトーマスにメッセージを伝えてくれるんだろう?

キャットウーマンは、おれのほおを指先で力強く突(つ)いて言った。

「よし。変なまねはするんじゃないよ。もし少しでもおかしな動きをしたら、あたしとネコたちが、あんたを追い回すからね。わかったかい、カート・ボーイ?」

カート・ボーイ? おれは今朝のお父さんそっくりに、口をあんぐりと開けた。ホームレスの人たちだけに見える、おれの秘密(ひみつ)の指名手配ポスターでも出回ってるのか?

キャットウーマンはつづけた。

「そうさ、あんたがだれだか、あたしたちはみんな知ってる。ただ、罪滅(つみほろ)ぼしをしようってのは上等だ」そして、かすかにウインクした。「まだ手遅(ておく)れじゃあないだろうさ。あたしの見立てじゃね」

そしてキャットフードの袋(ふくろ)をカサカサ言わせながら、早足で通りを歩いていった。メイソンさんも後をついていく。

なわばり争い

三時半きっかりにスケートボードをかかえて家の階段をかけ下り、くつをはいた。そして物音ひとつ立てずに玄関のドアを開けようとしたそのとき、お母さんが廊下に出てきた。

「どこに行くの？」

今日の午後は、リサは休みを取っているから、ヘラクレスはお母さんの背中にカメの甲羅みたいにしがみついている。

「まだ外出禁止よね？」

「スープキッチンに忘れ物をして」ある意味、本当だ。チェンさんとメイ・リーがくれたTシャツを置いたまま帰ってきた。「それに、ティータイムにも手伝いに行くって言っちゃったし」

お母さんはにっこりした。

「まあ、そうなの？」

「うん」

「ママ、ぼくもキッチンにスープ飲みに行っていい？」

ヘラクレスはそう言って、お母さんの背中から飛びおりると、おれの背中によじのぼろうとした。金のラメで遊んでいたんだろう。ヘラクレスを押しのけたおれのズボンのあちこちに、ラメがついた。おれはお母さんにきいた。

「で……行ってもいい？」

「そうね。でも上着を着ていきなさい」お母さんはそう言って、不意におれの髪をなでた。「終わったら、まっすぐ帰ってくるのよ？　ヘラクレス、家のキッチンでスペシャルスープにシリアルを入れない？」

おれは、キッチンへと廊下を歩いていくお母さんの背中を見つめていた。ヘラクレスがその後ろを、ぴょんぴょんはねながらついていく。髪をなでられたのは何年ぶりだろう？少なくとも、おととしのクリスマスからは一度もなでられていないはずだ。おれはくしゃくしゃになった髪を整えると、スケートボードで大通りに向かった。

ピザ屋と駅の間の路地の入り口にたどり着き、奥へとかけていった。キャットウーマンの住み家まで。

　メイ・リーはもう来ていた。地べたにすわって、二匹の子ネコと遊んでいる。キャットウーマンはデッキチェアにこしかけていて、ひざの上では大きな灰色のネコがのどをゴロゴロ鳴らしている。でもトーマスはいない。

　キャットウーマンとメイ・リーに近づいていくおれの足元の地下を、地下鉄が通りすぎ、地面がガタガタとゆれる。二人の数メートル手前で足を止めたおれに、キャットウーマンが声をかけた。

「何をもじもじしてるんだい。ここにすわって、うちのネコたちにあいさつしてごらん」

　前にここに来たときに一匹が威嚇してきたのを思い出し、おれはそろそろとメイ・リーの横まで歩いていき、ゆっくりと地面に腰をおろした。ネコが寄ってくるのを待ったけど、一匹も来ない。みんな、おれのことをキャットウーマンをいじめた一味のひとりだと思っているのかもしれない。

　キャットウォークするモデルみたいにぐるぐる歩き回っているネコたちを見ていた。どのネコの首輪にも小さな筒と、動くたびに鳴る鈴がついている。メイ・リーがおれにささやいた。

「様子をうかがってるのよ。わたしが初めてお父さんとここに来たときも、こんなふうだった」

おれは肩をすくめた。ネコは汚れているかもしれないから、どっちにしろさわりたくない。おれはただ、トーマスは来るのかどうか知りたいだけだ。

するとキャットウーマンは、おれの頭の中を見すかしたかのように、ひざの上のネコを赤ん坊をだくみたいにかかえて、おれに差し出した。

「すぐに来るよ。ほら」

赤ん坊みたいにだっこしろってこと？　よくわからずにネコを見つめていると、キャットウーマンは黄ばんだ歯を見せて、ニッと笑った。

「タビーの首輪の手紙を見てごらん」

そしてメイ・リーにウインクした。おれはひざ立ちになって、首輪をよく見てみた。小さな筒のはしから紙切れがのぞいている。引っぱり出して開いてみると、しわくちゃの小さな紙に流れるような文字でこう書いてあった。

四時に行く。あの子の悪ふざけじゃないといいが。

もう少しで記号の意味がわかりそうだ。タビーにツナをやってくれ。

トーマス

おれは声に出して読み上げていったけど、名前の後の記号のところで止まり、ひたいにしわを寄せてキャットウーマンの顔を見上げた。

「最後に書いてある、これは？」

「ラテン語のＬとＭだよ」その説明で事足りるとでもいうかのように、キャットウーマンは言った。「ホームレスはみんな、それぞれ自分の記号を持っているのさ。メッセージを送るときに、自分が差出人だとわかるようにね。トーマスの記号はＬＭ」

おれは首輪の筒を見ながら考えた。どうしてトーマスの記号はＬとＭなんだ？　ここのネコは……人間にメッセージを運んでいるのか？　伝書バトみたいに？

キャットウーマンはほほえんで言った。

「その通り。訓練して、メッセージを運ばせる」

「かっこいい！」

声をはり上げたおれに、キャットウーマンは言った。

「まあ、そうだね」

そのとき、不意に後ろから低い声がとどろいた。

「一体、どういうことだい？」

おれたち三人はびっくりして飛び上がった。

「トーマス！」メイ・リーはぱっと立ち上がり、かけよって抱きついた。「来てくれたのね！」

おれも思わず立ち上がったけど、そんな自分が滑稽に思えて、また腰を下ろした。

「もちろん、来るさ！　ロンドン一おいしいベイクドポテトを作ってくれる子のためなら、なんだってするよ」

トーマスはそう言ってメイ・リーにウインクすると、するどい目でおれを見つめた。目から熱風が吹きつけるみたいに、強い圧を感じる。あごひげはのびて、前に見たときより肌の色が黒くなっている。明るい日差しの下で正面から顔を見て、あらためてはっきりとわかった。ピカデリーサーカスで見た犯人は、絶対にこの人じゃない。犯人よりずっと背が低いし、あごひげもうすい。前と同じ黒のロングコートを着て、黄色い帽子をかぶっているけど、今日は首に緑のスカーフをまいている。今は五月なのに、寒い一二月みたいに。

「何か言いたいことはあるか？『人生をぶちこわそうとして申し訳ない』のほかに」

「本当に、ご、ごめんなさい」

おれは目が合わないように地面に目を落としながら、つっかえつっかえ言った。今まで、こんなに強い罪悪感を持ったことはなかった。うっかりヘラクレスにケガをさせてしまったときも、学校でおれから逃げようと全速力でかけていったラビニアが、ぜんそくの発作を起こしたときも。

「何のおわびだ？　カートを池に沈めたことか？　ロンドンの警察が一番行方を知りたがっている犯人はわたしだと伝えたことか？」

「どっちも」おれは地面に手をついた。「本当に、あなただと思ったんだ。犯人がそっくりだったから」

何も言わないトーマスに、真剣に協力したいと思っていることを示すため、立ち上がってポケットから折りたたんだ紙を取り出し、差し出した。トーマスは受け取ってきいた。

「これは？」

メイ・リーが紙を見ようと、身を乗り出してきいた。

「マンガ？」

　おれは首をふって答えた。

「真犯人をつかまえて、警察がホームレスの人たちを逮捕するのをやめさせるプランをかいたんだ」

　トーマスは二ページ目を見ながら言った。

「絵の才能があったとはな」

「真犯人を指さしてるのは、あなた？」

　にせのあごひげをつけた真犯人たちがずらりとならんでいるページを指さして、メイ・リーはニッと笑ってきいた。おれがうなずくと、トーマスはフンと鼻を鳴らして言った。

「わたしがマントを着ているというのは、個人的にはかなり好みだな。よくかけている」

　それ以上、何も言わずに紙をおれに返した。メイ・リーもほかに言うことはないみたいだったから、おれはこんなのかかなきゃよかったと思いながら、そそくさとポケットにしまった。三人とも、ばかげてると思ったんだな。

　長い沈黙が訪れ、おれの足はきびすを返してこの場から立ち去ろうとうずうずし始めた。でも、この足とちがって、おれは弱気じゃない。だから妙な静けさのなか、息をつめてじっと待った。

しばらくしてようやく、耐えがたい沈黙をやぶってトーマスが口を開いた。

「本当に協力する気があるなら、その夜に見たことを話してくれ。できるだけくわしく。できるかい？」

おれはふーっと息をはき出してうなずき、今度は顔を上げてトーマスの目を見た。するどい視線が突き刺さる。隠し事は見逃さないとでもいうかのように。

「始めよう」

トーマスはそう言い、キャットウーマンのとなりのデッキチェアに腰を下ろした。そして目をぎゅっと閉じてくちびるに指を当て、おれが話すピカデリーサーカスでの出来事に耳をかたむけた。この話はもう一〇〇回もした気がする。

話し終わると、おれはトーマスが何か言うのを待った。でもいつまでたっても、目を閉じてすわっているだけだ。ところが突然、ぱっと目を開けて身を乗り出したから、三人ともびっくりして飛び上がった。

「じゃあもう一度、犯人の様子を教えてくれるかな。今度は目を閉じて。その男に全神経を集中させて。犯人の姿をすみずみまで思い起こすんだ。その目でエックス線検査をするように。頭から始めて全身を少しずつ下りていって、はいているくつまで、もう一度」

トーマスの表情にひるみながら、おれは目を閉じ、窃盗犯がおじぎをしてスクリーン広告を見上げた瞬間を懸命に思い起こした。そして記憶の中にある男の姿をくまなく伝えた。銀色にかがやく白髪、手にするリモコン、しわの寄った黒いコート、白いスニーカー、指に光る小さな金色のもの。全部、さっき伝えたことと同じだ。

するとトーマスが言った。

「指に光る小さな金色のもの？　初耳だな」

「えっ、そう？」おれはきいた。メイ・リーとキャットウーマンも首をふっている。「それって、重要なこと？」

するとキャットウーマンが言った。

「かもしれないね。指輪かい？」

おれはまた目を閉じて、神経を集中させた。帽子をぬいで胸にかかげ、おじぎをしようとした瞬間の犯人の姿を思い起こす。ぎゅっと目を閉じたまま、おれは答えた。

「うん」

トーマスが耳元できいた。

「どんな指輪かわかるかい？」

「そこまでは見えない。遠いから。でも間違いなく金色で……丸い。はめてるのは右手の小指……おじぎをするとき、右手で帽子を取ってた」

目を開けると、トーマスが言った。

「ピンキーリングか。新しい手がかりだな」

おれはきいた。

「噴水の段にかかれてた三本の斜線は？　そっちの方が重要な手がかりじゃない？　ネットで検索したけど、どういう意味なのかわからなかったんだ」

「ああ、それならかんたんだよ。これを見てごらん」

トーマスはコートのポケットから、一枚の紙を取り出して開いた。ロンドンのバス路線が全部載った、大きな地図だ。何度も何度もたたんだり開いたりをくり返してきたようで、折り目がもろくて、ばらばらになりそうだ。表に大きな赤文字で「親愛なる夜の乗客へロンドン交通局の全運転手より」とある。

こんな地図、初めて見た。メイ・リーもそうらしく、よく見ようと身を乗り出している。路線があざやかに色分けされていて、小さくえがかれた公園や名所の間を、四方八方に足をのばす巨大なタコのようにめぐっている。いくつかの場所が丸く囲まれ、数字や記号が書きそえてある。トーマスが書いたんだろう。

トーマスは「ピカデリーサーカス」の駅名と「エロス」と表記のある像を指さした。地図にさえ間違った名前が載っていると知ったら、お母さんとお父さんはあきれるだろうな。像は丸く囲んであり、その下に三本の斜線と、「ここは安全ではない」という小さな文字が書かれている。

トーマスは説明した。

「場所と盗まれたもの、記号、窃盗団にとっての記号の意味を記録してきたんだ。見てごらん」

みんなで地図をのぞきこんだ。メイ・リーは色分けされたいくつものバス路線を指でなぞり、おれは路線を上にたどって、「1」の横の丸で囲まれた場所で指を止めた。パディントンベア（Ｐａｄｄｉｎｇｔｏｎ　Ｂｅａｒ）の頭文字「ＰＢ」が印字されたスーツケースの絵がある。おれは無意識に読み上げていた。

＊　＊　＊

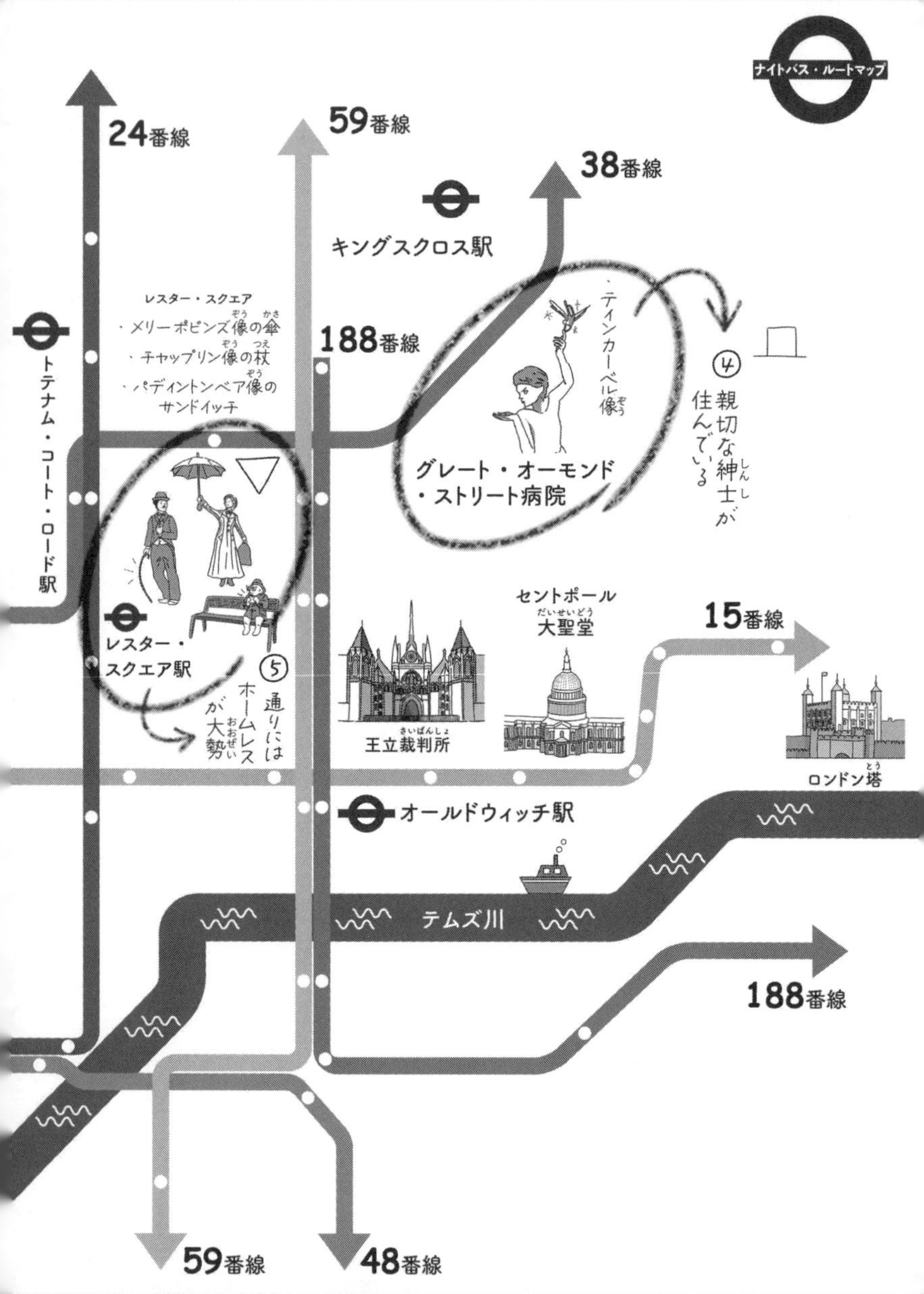

ナイトバス・ルートマップ
24番線
59番線
38番線
キングスクロス駅
188番線
レスター・スクエア
・メリーポピンズ像の傘
・チャップリン像の杖
・パディントンベア像のサンドイッチ
トテナム・コート・ロード駅
、ティンカーベル像
グレート・オーモンド・ストリート病院
④親切な紳士が住んでいる
レスター・スクエア駅
⑤通りにはホームレスが大勢
セントポール大聖堂
王立裁判所
15番線
ロンドン塔
オールドウィッチ駅
テムズ川
188番線
59番線
48番線

夜間に運行するおもな路線：ロンドン中心部

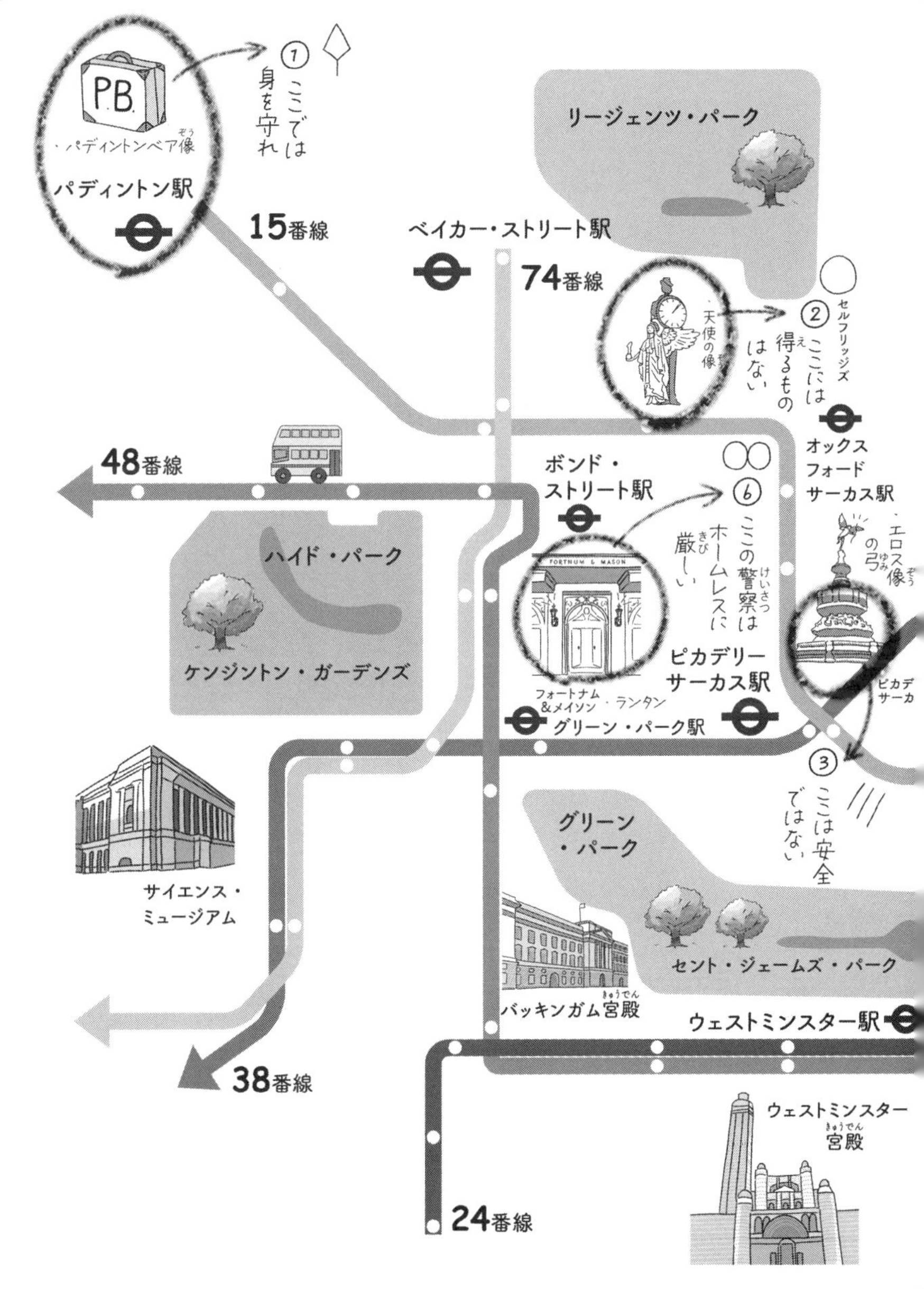
P.B.
パディントンベア像
パディントン駅
① ここでは身を守れ
15番線
ベイカー・ストリート駅
74番線
リージェンツ・パーク
天使の像
② セルフリッジズ
ここには得るものはない
オックスフォードサーカス駅
48番線
ボンド・ストリート駅
⑥ ここの警察はホームレスに厳しい
ハイド・パーク
ケンジントン・ガーデンズ
FORTNUM & MASON
フォートナム&メイソン
ランタン
エロス像の弓
ピカデリーサーカス駅
ピカデサーカ
グリーン・パーク駅
③ ここは安全ではない
サイエンス・ミュージアム
グリーン・パーク
セント・ジェームズ・パーク
バッキンガム宮殿
ウェストミンスター駅
38番線
ウェストミンスター宮殿
24番線

「①番　場所：パディントン駅
盗まれたもの：パディントンベア像
記号：槍
意味：ここでは身を守れ

②番　場所：セルフリッジズ
盗まれたもの：天使の像
記号：丸
意味：ここには得るものはない

③番　場所：ピカデリーサーカス
盗まれたもの：エロス像の弓
記号：三本の斜線
意味：ここは安全ではない

④番　場所：グレート・オーモンド・ストリート病院
盗まれたもの：ティンカーベル像
記号：シルクハット

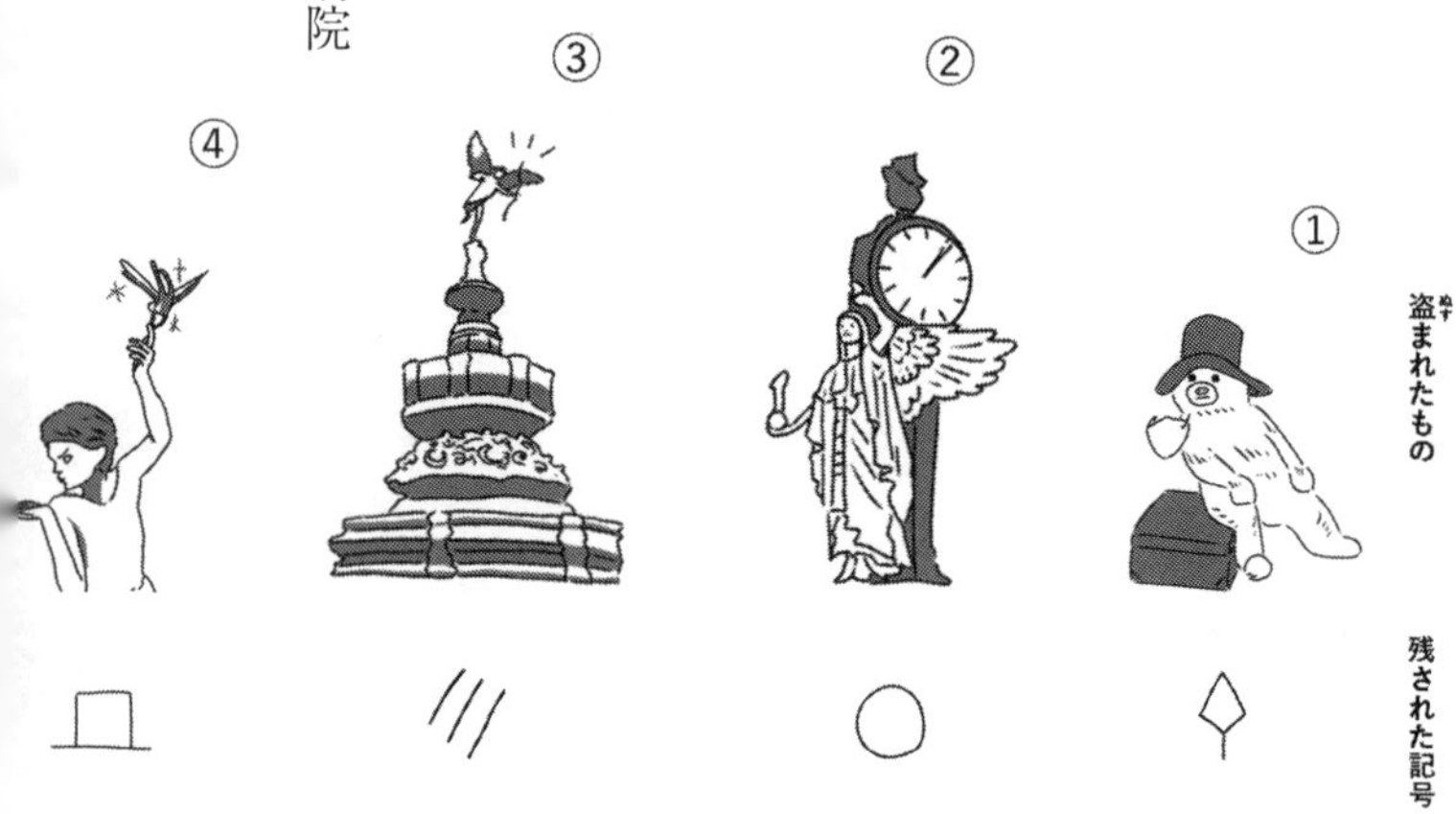

意味：親切な紳士が住んでいる

⑤番　場所：レスター・スクエア
盗まれたもの：メリー・ポピンズ像の傘・チャップリン像の杖・パディントンベア像のサンドイッチ
記号：逆三角
意味：通りにはホームレスが大勢

⑥番　場所：フォートナム＆メイソン
盗まれたもの：ランタン
記号：つながった二つの輪
意味：ここの警察はホームレスに厳しい

⑤

⑥

読み終わって大きく息をつくと、思わず声が出た。

「わお」

メイ・リーがトーマスにきいた。

「残された記号は本当に全部、秘密の記号なの？」

「ああ、ホームレスの間のね。何十年にもわたって進化してきた記号だよ。危険な場所を知らせたり、そこでどんな支援が得られるか、何か手に入れられるかのヒントを伝えたりするために使っている共通の記号なんだ。ホームレスだけが見つけて理解できるように、人目につかないところにひっそりと残している。どこのだれだか知らないが、この犯人は路上生活をしている人間に知り合いがいるんだろう。そして記号の存在と、それぞれの意味を知った。しかし、犯人自身はホームレスではないのは確かだ。路上生活の人間は、記号を公にしたりはしない。特に警察やマスコミ相手にはね」

　メイ・リーが言った。

「記号の意味を全部知りたいな。どこに行けば見つかるのかも」

　するとキャットウーマンが、指にネコのしっぽをからめながら言った。

「そうだねえ、学ぶにはうんと時間がかかるよ。全部突き止めるには、何年もかかるだろうね。アルファベットみたいなものだけど、すべての文字を一度に見ることはできないし、文字の意味や書き方が変わることもあるからね」

　そうか、だからインターネットでは何も情報が見つからなかったんだ。記号は極秘だから、世界一の検索エンジンをもってしても見つけられないんだ。

「昨日の窃盗事件をまだ書き加えてないじゃないか」

キャットウーマンはそう言ってトーマスをつつくと、前のめりになっていた体を元にもどした。

「また盗まれたの？」

おれはきいた。やっぱりこれからは、お父さんの新聞をおれも読むようにしないとな。

メイ・リーがうなずいて言った。

「今度はドラゴンの像。今朝、ニュースでやってた」

キャットウーマンが後をつづけた。

「ただのドラゴン像じゃないよ。王立裁判所の外に鎮座するドラゴンさ。離婚裁判をするんだったら、イギリスじゃあここが一番いい、とかなんとか聞いたことがあるね」

「そのニュースは、ここに来るとちゅうで知ったものでね」

トーマスはそう言って、剣を抜くかのようにさっと、コートのポケットからペンを取り出した。そして地図の上に身をかがめ、王立裁判所を丸く囲んだ。そして長い十字架の記号と、その横に「キリスト教の話をすれば食事がもらえる」と書くと、つぶやいた。

「妙だな」

おれはきき返した。

「何が？」

「裁判官がいるところや裁判所の目印には、それ用の記号がある。でもこれは教会や聖職者を表す記号だ」

　トーマスはキャットウーマンがひざの上のネコをなでるのと同じ仕草で、あごひげをなでた。そしてこれまで窃盗事件が起きた場所を、次々に指さしていった。

「ほら、今までは犯人が残した記号はどれも、現場に関係するものだった。一見、おかしな結びつけ方のところもあったが。たとえば……」そしてパディントンベアのスーツケースの横にある槍の記号を指さした。「この記号の意味は『ここでは身を守れ』。住むところを探している童話のクマから身を守る必要などないのに、おかしな話だ。しかしこれは犯人が自分の存在と、これからしでかそうとしている悪事をホームレスにあてて警告したのかもしれない。それに……」

　次にセルフリッジズとその横の丸を指さして、つづけた。

「この記号の意味は『ここには得るものはない』。食料も水も手に入らないし、支援も受けられないという意味だ。セルフリッジズはほしいものが何でも買える店だから、この記号は一見合わないが、それはお金を持っていればの話。つまり持ち合わせがなく、最低限の食料と寝泊まりする場所を求めているホームレスにとっては価値のない場所と言えるな。そしてフォートナム＆メイソンに残された、つながった二つの輪は『ここの警察はホームレスに厳しい』。実際には警察はいないかもしれないが、この店はホームレスに厳しい目を向けがちな上流階級の客であふれていて、警察を呼ぶこともあるだろう。そしてピカデリーサーカスの三本の斜線は『ここは安全ではない』。これは単にスリの多い場所だからだろう」

「じゃあ、これは？」

おれはグレート・オーモンド・ストリート病院の横のシルクハットの記号を指さした。

「それが示すのは親切な紳士で、Ｊ・Ｍ・バリーのことかもしれないな。『ピーター・パン』の作者で、執筆で得た利益を全額、病人のために使ってもらおうと病院に寄付したんだ。それか、単に病院の医師たちを示しているのかもしれない。またはピーター・パンそのものを示しているか。真意はわからない」

「あたしは、レスター・スクエアのが気に入ったよ」キャットウーマンがニカッと笑って地図を指さした。「チャーリー・チャップリンとメリー・ポピンズの像がある場所を『ホームレスが大勢』とするなんて、ちょっと冴えてるじゃないか」

おれは意味がわからず、メイ・リーの顔を見た。すると向こうもとまどった表情でおれを見てきたから、なんだ、優等生っていったって、キャットウーマンとトーマスがそろってふくみ笑いをしている理由はわからないんじゃないか、とほっとした。そんなおれたちの様子に気づいて、トーマスが説明した。

「ああ、つまり二人とも家がなかったということさ。チャーリー・チャップリンが映画で演じていたキャラクターはホームレスだからね。世界一有名なホームレスだな」

「メリー・ポピンズは？」

メイ・リーがきくと、キャットウーマンが答えた。

「いつもあちこち飛び回っているからね。家庭教師をやっていて給料ももらってるが、自分の家はないのさ」

「あー、そういうことー！」

メイ・リーとおれは声をそろえた。トーマスは言った。

「つまり、これまで現場に残されてきた記号はすべて、その場所と関係のあるものだった。ユーモアや皮肉をきかせた、ひねった意味合いのものが多いがね。しかし昨日、ドラゴンが盗まれた王立裁判所は、残されていた記号とつながりがない。少なくとも、わたしはつながりを思いつかないね。なぜだろう？　記号を間違えたのか？　それとも我々をからかっているのか？」そして、ため息をついた。「犯人が記号にこめた意味を、わたしがすべて理解したと思った矢先、犯人は変化球を投げてきた。犯行のパターンがはっきり見えてこないな。ただひとつだけ言えるのは――」

「事件は必ずゾーン1〔ロンドン地下鉄の中心エリア〕で起きてる」

メイ・リーが割りこんで、ポニーテールを得意げにさっとゆらした。キャットウーマンが言った。

「かしこい子だね、なわばり争いに気づくなんて」

「映画でギャングがやってるみたいな、なわばり争いが起きてるの？」

メイ・リーが息をのんできくと、トーマスが笑って言った。

「ちょっとちがうね。見てごらん。ロンドンのこのエリアに共通することはなんだい？」

そしてゾーン1全体を大きく指でなぞって囲んだ。

「どこも、すごく高級なお店がある」

メイ・リーが答えると、トーマスは言った。

「ほかには？　ロンドンのほかのエリアよりも多いのは？」

「公園？　お城？　動物？」

再チャレンジしたメイ・リーに、キャットウーマンは言った。

「ヒントをあげよう」

そして自分とトーマスを指さした。おれははっとして言った。

「ホームレスの人たち！」

するとトーマスが言った。

「正解だ！　ロンドンのこのエリアだけでも、何千人ものホームレスがいる。それをこころよく思わない人も大勢いるのさ。なわばり争いの歴史は、街の興りとともに始まった。経済界も政界も、街からホームレスを追い出したいと思っているんだ」

キャットウーマンが首をふりながら言った。

「手を差しのべるんじゃなく、ね」

「じゃあ、犯人が窃盗をくり返してるのは……記号を残してるのは……警察にかんちがいさせるため……」

メイ・リーはその先は言わず、両手で口をおおった。

「その通り」

キャットウーマンはそうささやくと、おれの頭も追いついたかどうか確かめようと、視線を投げてきた。

追いついてる、けど頭の中はトーマスが言った「なわばり争い」という言葉でいっぱいだった。一気にパソコンゲームの世界みたいになってきたぞ！

おれがプレイしているゲームではレベル9のとき、ザルダックスと呼ばれるエイリアンの集団が、エクステッドという国を侵略しようとして、おれと競っていた。おれは自分の小さな軍隊で巨大なザルダックスの大軍隊と戦うんじゃなく、ひそかにあちこちに旗を立てて回った。ザルダックスがすでにエクステッドを自分たちの領地だと主張していると思わせる作戦だ。するとエクステッドの人民は立ち上がり、ザルダックスを追い出そうと戦闘を始めた。エクステッドとザルダックスが戦っている間に、おれは悠々とエクステッドを侵略し勝利をおさめた。

連続窃盗事件も、それと同じだ！　犯人は追い出したい人たちに無実の罪を着せ、世間に嫌われるように仕向け、目的を達成しようとしているんだ！　ひとつだけゲームとちがうのは、「見えない窃盗犯」は戦いの初めの一手として、旗ではなく黄色い記号を使ったことだ。おれたちが突き止めなくちゃいけないのは、ただひとつ。犯人は一体、何から世間の目をそらそうとしているのか。

旗。白い旗……文字がある……二匹の青いドラゴン……ヘラクレスが「トイレ」と言って笑った旗！　稲妻に打たれたように、ズドンとひらめいた。

「ヘクター？　大丈夫かい？」トーマスがおれの肩に手を置いた。「顔が真っ白だ」

おれは地図を指先でトンとたたいてささやいた。

「トイレの看板……旗は、トイレの看板だ！」

9

成功へのフリーパス

「トイレ？」

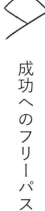

メイ・リーとキャットウーマン、トーマス、それにネコたちも、とまどった顔でおれを見ている。

「弟のヘラクレスが見つけたんだ。窃盗事件があった現場のそばの建物にはどれも、旗みたいな形をした『賃貸（TO LET）』の看板がかかってるんだ。どれも同じ白い看板で、二匹の青いドラゴンのマークがある。パディントンベアが盗まれたプラットホームでも、古びたカフェの上にあった。小児病院のそばのマンションにもたくさんあったし、ピカデリーサーカスのそばのオフィスビルにも。ひょっとしたら、侵略を示す本当の記号は看板で、残された黄色い記号はどれもフェイクなのかも」

するとキャットウーマンが、人差し指で地図のゾーン1をトンとたたいて言った。

「つじつまが合うね。このあたりは一等地だ。世界でも特に地価が高いロンドンの、その中でも一番高いエリア。建物を貸す不動産業の人間にとって一番困るのは、ホームレスが大勢いるために賃貸料が下がってしまうことなんだよ」

トーマスがうなずいて言った。

「つまり、公共の財産を次々に盗み、世間の怒りの矛先を我々に向け、追い出そうとしているんだ。たやすいことさ！　きみの言う通り、青いドラゴンの看板はあちこちにある。夜にバスの車窓から見える景色に、その看板が入らない瞬間はないくらいだ……事件の全貌をあばく手がかりになるかもしれないぞ！」

キャットウーマンがにっこりして言った。

「なかなかやるじゃないか、ヘクター」

おれは肩をすくめ、わずかにほほえんでみせた。メイ・リーが今まで見せたこともない困惑した顔できいた。

「『賃貸』ってどういう意味？」

優等生がそんなこともわからないって、どういうことだ？　おれは今の話をもう一度くわしく説明した。メイ・リーの目は、ふくらんでいく二つの風船みたいにどんどん丸く大きくなり、やっと流れを理解した顔をした。そして、おれの説明が終わるやいなや言った。

「でも、どうしてホームレスの人たちが責められるの？」

するとトーマスは言った。

「理由はかんたんさ。我々は自分たちを弁護する力を持たない。それに、ホームレスのために闘ってくれる人間はだれもいない。知っているだろう？　我々は、ただただやっかい者なのさ。同じやっかい者でも、酔っ払いや薬物中毒者は恐怖の対象だ。しかし我々は恐れられず、無防備なんだよ」

メイ・リーは首をふって言った。

「ひどい」

キャットウーマンはつぶやいた。

「犯人は一連の窃盗をなしとげられる、巨万の富と権力を持つ人間のはずだ。それに人脈もある。ロンドンじゅうに不動産を持っている人間なら、盗んだ像をかくしておく場所なんて、いくらでもあるだろうさ。どうやったって、そんな人間をつかまえられっこないじゃないか」

「ちょっと待ってくれ」トーマスは地図を裏返し、そこに書き連ねてある日付を指でたどった。「事件の日付をメモしておいたんだ。決まったパターンはなく、二夜連続で盗まれたときもあれば一週間空いたときもある。しかし、ひとつだけ気づいたんだ」そして三つの日付を指さしていった。「最初の窃盗事件が起きて以来、毎週土曜には必ず事件が起きている……夜の、毎回ちがう時刻に」

おれはゆっくりと口を開いた。

「今日も……土曜だよ」

メイ・リーは言った。

「でも次はどこがねらわれるか、何時なのか、手がかりは見つかってない」

しばらく無言の時間が流れた後、キャットウーマンが突然、ひざの上で眠たそうにのどを鳴らしていたネコを押しのけて地面に落として言った。

「トーマス！　十字架……犯人はどうして、裁判所のドラゴン像のあったところに十字架の記号を残したんだと思う？」

「飽きてきて、頭に浮かんだ記号を適当に書いたんじゃないか？　ひょっとするとわたしの考えすぎで、犯人は記号に意味などこめていないのかもしれない」

キャットウーマンの茶色と緑の目が、キラリとかがやいた。

「もし、間違ったんだとしたら？　十字架の記号は、次の犯行現場に残すはずだったとしたら？」

「十字架の記号はどんな場所に書くの？」

おれがきくと、キャットウーマンは説明した。

「教会さ。教会に関係がある場所に残すこともある。聖職者の家とかね」

トーマスは言った。

「キャットウーマンの言う通りかもしれないな。今夜は教会をねらっているのかもしれない」そしてため息をついた。「しかしロンドンに教会は何百もあるし、像もたくさんある」

おれたちは地図を囲んで、そこに答えがあるかのように、じっと見つめた。メイ・リーは首をかしげ、パディントン駅から王立裁判所の方へ指をすべらせていった。

「最初の犯行はロンドンのここで起きて、だんだんこっち側に移動してるのかな？　それとも、行ったり来たりしてる？」

「行ったり来たりしているな。しかし、おおまかには西から東に移動している」

キャットウーマンがメイ・リーの腕をぎゅっとつかんで言った。

「よく気がついたね」

おれもメイ・リーの顔を見て、ぐいっと親指を立てた。トーマスはつづけた。

「それにほら、犯行のほとんどは一つのバス路線に沿って起きている！　一番長くて――」

「一番高級なエリアを通る路線だ！」キャットウーマンが割りこんだ。「ロンドンの名所はあらかた、この路線沿いにある」

三人が見つめるなか、トーマスは一五番線を示すピンクの線を指でたどっていった。パディントン駅からスタートし、セルフリッジズへと進み、アンテロス像のそばを通りすぎ、レスター・スクエアを横切り、王立裁判所の前を通っていく。

路線沿いにない現場はフォートナム＆メイソンとグレート・オーモンド・ストリート病院で、それぞれ街のちがう方角にある。

トーマスの指は「セントポール大聖堂」のところで、ゆっくりと止まった。

「そんな……」

信じられないという顔でつぶやいたキャットウーマンに、トーマスは言った。

「可能性はあるぞ。次の大きな停留所はここだ」

「犯人が夜のバスに乗って盗みに行くと思うかい？　それに今夜、セントポール大聖堂をねらうのは無理さ。明日はヨーロッパ戦勝記念日じゃないか。大聖堂では今夜、聖歌隊のコンサートやライトショーがある。少なくとも夜の一二時までは、人であふれ返ってるはずさ。その後も敷地はライトアップされているはず。そこをねらうなんて、ありえな――」

「だからこそ、犯行時刻が推測しやすい」

トーマスがそう言った後、おれは念押しした。

「犯人は特別なリモコンを持ってるってこと、忘れないで。おれは見たんだ。スイッチひとつで、あたりの照明を全部消してた」

「考えてみてごらん」トーマスはデッキチェアから勢いよく立ち上がり、興奮した様子でその場を行ったり来たりし始めた。「ヨーロッパ戦勝記念日の前夜にセントポール大聖堂で窃盗事件が起きたとなれば、大さわぎになる！　世界でも有数の豪華な大聖堂から、指折りの貴重な像を、一年の中でも特に重要な記念日に盗んだとなれば……。犯人のたくらみそうなことだ！　街じゅうの人間が激怒するだろう。これまでも世間は我々ホームレスに恐怖や怒りの感情を向けてきたが、街から追い出すまでにはいたらなかった。しかし今夜、大聖堂で窃盗事件が起きれば、世間はホームレスをなんとしても追い出そうとするだろう！」

「わたしたちの予想が当たっていれば、そうなるね」

　メイ・リーがそう言うと、おれは提案した。

「警察に話そう」

　事件の全貌が、これで明らかになったのかもしれない。そうなら、警察に話せば明日の朝には、おれたちは街のヒーローになっているだろう！　メイ・リーもすべてを知ったんだから、名声はわけ合うことになるけどべつにいい。どろぼう逮捕の立役者はおれだって、世間に知れわたるなら。今、警察が総出でしなくちゃいけないのは、教会で見張って真犯人をつかまえることだ。

　ところがキャットウーマンが笑って言った。

「警察に話す？　あたしたちの話なんか、信じるもんか」

　そして自分自身とトーマスを指さした。するとメイ・リーがおれに言った。

「わたしたちも同じよ。子どもの作り話だって思われる。特に、あなたの言葉は絶対に信じない。ついこの前、トーマスが犯人だって言ったばかりなんだから」

　そのとき、せわしなく行ったり来たりをくり返していたトーマスが、ふと足を止め、指をパチンと鳴らした。

「思いついたぞ！　もちろん、予想が正しければだが。しかし、わたしひとりではできない。協力者が必要だ。うんと勇敢で、小さな窓からしのびこめる小柄な協力者が」

そしておれとメイ・リーを見下ろすと、舞いおりてきたワシのように右手でおれを、左手でメイ・リーをつかまえた。そして眉間に深いしわを寄せてきいた。

「一緒に行って、どろぼうをつかまえるのを手伝ってくれるのは、どっちかな？」

＊＊＊

「こんなの、うまくいくわけないよ。どうかしてる」

おれはぶつぶつ言いながら、メイ・リーと一緒に早足で路地の入り口までもどり、大通りに出た。

「どうかしてなんかいない。トーマスは勇敢だよ。勇敢なプランを考えてくれたんだから、あなたも勇敢になって。台無しにしたりしないでよ」

おれはじろりとにらんだ。メイ・リーが行けばいいのに。おじいちゃんおばあちゃんと寝室が同じだから夜中にぬけ出すのは無理って、なんだよ。そんなことってあるか？　協力するのが嫌で、うそをついたのかも！

「夕飯の前くらいに、あなたの家に行くから。おじいちゃんのバスのフリーパスを持っていくね」

「ドアベルを鳴らすなよ。おれの部屋の窓は家の正面の右側にあるから、何か投げて合図しろ。そしたら窓を開けるから、部屋に投げ入れて」

「ふつうに玄関のドアをノックするんじゃだめなの？　わたしがご家族に、あなたがスープキッチンに忘れ物をしたからとどけに来たとか言えばいいじゃない」

「だめだよ！」必要以上に大きな声が出てしまった。「絶対にだれにも……」

はっとしてそこで止めたけど、おそかった。メイ・リーは足を止めた。

「……だれにもわたしを見られたくないの？　今、そう言おうとした？」

ちがうと答えたかったけど、うそだってバレるだろう。だって本音では、メイ・リーがうちに来るところなんて、だれにも見られたくないから。特にヘレンには。ヘレンの友だちにはみんな妹や弟がいて、おれと同じ学校に通ってる。もしケイティとウィルの耳に入ったら、さんざんいじられるに決まってる。

メイ・リーは顔を真っ赤にして言った。

「もういい、忘れて！」

そしてくるりと背を向けると、早足で去っていった。その背中を見つめるおれの頭の中にあったのは、フリーパス、ちゃんと持ってきてくれるかなということと、一言もしゃべらなきゃよかったということだった。

夜の乗客たち

家に着いても気持ちが落ち着かなくて、お茶の時間まで部屋にこもっていた。お茶が終わると、また部屋にかけもどって、メイ・リーが来ないかと二分おきに窓の外をのぞいた。でも六時になっても、六時半になっても、六時四五分になってもやってこない。パソコンの画面の時刻が「７：００」を表示する頃には、もう確信していた。メイ・リーは来ない。それはつまり、トーマスがどろぼうをつかまえるのを手伝えないってことだ。それはつまり、おれがわざとトーマスをおとしいれたんじゃないことを、だれにも証明できないってことだ。もちろん、どろぼうが今夜、ほかの場所じゃなくセントポール大聖堂にあらわれるつもりなら、だけど。

おれはベッドに腰を下ろし、どうしようかと考えた。あのとき、一言もしゃべらずにいれば。メイ・リーと一緒にいるところをだれにも見られたくないってことを、本人に知られさえしなければ。でもそういえば、メイ・リーはどうしてあんなに気にしたんだろう？

どうしておれは、こんなに気にしているんだろう？

コツン！

出窓に小石が当たり、玄関のひさしを転がっていく音がした。

おれは、ぱっと立ち上がった。

コツン！

さっきより大きな石が、ガラスを直撃した。

おれはかけ寄って、大きな出窓を開けた。

家の門の外に、メイ・リーがいる。身をかがめて、庭の低い塀にかくれている。

おれは手をふって、ほほえんだ。

でも、メイ・リーはにこりともしない。コートのポケットから青いものを取り出して立ち上がると、さっとあたりを見回して、だれもいないのを確かめ、出窓に向かって力いっぱい投げた。

トンッ！

窓わくに当たり、庭に落ちていった。

メイ・リーは両手で口をおさえ、さけびそうになるのをこらえると、また身をかくした。おれは、庭までかけ下りて取るよと伝えようとしたけど、メイ・リーは門をギーッと押し開けて、落ちた青いものをさっとひろうと、また門の外に身をひそめた。

おれは出窓から落ちないぎりぎりのところまで身を乗り出して、じっと待った。するとメイ・リーはまた塀からぱっと腕をのばした。今度は、小さな平たく青いものは忍者の手裏剣みたいに弧をえがいて飛び、おれの顔を直撃した。

「いってーーー！」

おれはうめきながらも、ちゃんとキャッチしたと伝えようと手をふった。でも、メイ・リーの姿はもうなかった。指で幸運を祈るサインをおれに送ることさえせずに、消えていた。

痛む顔をこすり、窓を閉めて青いパスケースを開いた。左側に、メイ・リーのおじいちゃんのバスのフリーパスがあり、顔写真と名前があって、発行日の日付がスタンプしてある。ロンドンの高齢者はこれでバスに無料で乗れるんだ。でも写真を見て思った。メイ・リーはどうして、おれが八七歳のおじいちゃんになりすませると思ったんだ？　溶けた蠟みたいな顔だし、目はとんでもなく垂れていて地面につきそうだ。それにふさふさの白髪頭。帽子をかぶって、うんと長いスカーフをまいて、ダウンジャケットを着なくちゃいけないな。

　右側にはプラスチックの小窓があって、中に押しこんであるやぶいた紙切れに、メッセージが書いてあるのが見える——「なくさないでね。幸運を祈ってる。メイ・リー」。

　パスケースを閉じてポケットにしまうと、廊下の押し入れから冬用のダウンジャケットを引っぱり出した。そして、お父さんの寝室のドアのフックにかけてある、上等な帽子と長いしま模様のスカーフを借りて、お腹がすいたときのためのチョコレートバー数本と一緒にリュックサックにつめた。それで準備は終わったから、消灯の時間までゲームをして過ごした。お母さんとお父さんは、家にいるときは九時半におやすみを言いに来て、一〇時までには電気を消すようにうながす。ドアの下のすき間から明かりがもれていないか、一〇時から一一時くらいの間に一度、確認しに来るはずだ。

　電気を消し、暗い部屋でベッドに横になりながら、時計の蛍光の針が一一時を指すのを待った。長針がゆっくりゆっくり進んでいく。

　一〇時一一分……

　一〇時一五分……

一〇時二一分……

一〇時二三分……

一〇時三〇分……

うとうとしてきたから、ほおをパンとたたき、指で目をこじ開けた。寝たらおしまいだ……今夜だけはだめだ！

一〇時三三分……

一〇時四〇分……

一〇時四二分、まだ一階でお母さんとお父さんが笑いながらテレビを見ているのが聞こえてくる。

一〇時四五分、もうこれ以上待てない。おれはベッドからそろそろとはい出した。そして床板がきしまないように慎重に動きながら、ブランケットの下に服をめいっぱい、人間の形になるように押しこんだ。こんなふうに細工しているのを映画で見たことがあるんだ。そしてパンパンのリュックサックを背負い、出窓に向かった。ここからしか出られない。玄関はお母さんたちのいる部屋に近すぎるし、どっちにしろ、もうドアの警報器のスイッチが入れてあるだろう。

外をのぞくと、家の前の道はまるで睡魔(すいま)におそわれているかのように、静まり返っていて人通りはない。耳をすまして時を待った。また、お母さんたちの大きな笑い声が上がった。今だ。急いでかけ金を外して出窓(でまど)を開けると、ギーッと音が鳴ってしまった。ドキッとして手を止め、耳をすました。だれかが階段(かいだん)をのぼってくる気配はない。数秒待ってから窓台(まどだい)にのぼり、片足(かたあし)を外にのばした。

窓枠(まどわく)の真ん中に腰(こし)かけて、見下ろす。真下のひさしに飛びおりて、玄関(げんかん)前のじゃりの上におりさえすればいいんだ。物音ひとつ立てずに。昼間に確(たし)かめたときにはかんたんそうに見えたけど、今は一七階から見下ろしているみたいに、地面ははるか遠くに感じられる。

メイ・リーの言葉を思い出した――「あなたも勇敢(ゆうかん)になって。台無しにしたりしないでよ」。

見てろよ！

おれは窓台(まどだい)のはしをつかみ、体を少しずつ外に出して下ろしていった。窓(まど)わくのはしになんとかしがみつきながら、つま先でひさしの感触(かんしょく)をさぐったけど、まだずっと下だし、おれの足は短すぎてとどかない。ちょっと落ちるだけですみますように。そう願いながら深呼吸(しんこきゅう)をして、手を離(はな)した。

ドタッ！

ドシン！

ガタガタッ！

ニャ――！

ジャリッ！

目を開けると、背中のリュックサックに乗っかるかっこうで、庭にあお向けに横たわっていた。一気に大成功！

後ろで玄関の明かりが、パッとついた。

おれはこの上ない速さで植えこみに転がりこみ、土が入らないように口をぎゅっと閉じて、うつぶせになった。庭のライトがいっせいにつき、玄関のドアがバンと開いた。

「どうしたの？」

家の中からお母さんの声が聞こえる。そのとき、おれのせいで目を覚ましたネコが、近くでまたニャーと鳴いた。

「おとなりのネコだったよ」

お父さんが大声でそう答え、家の中にもどってドアをバタンと閉める音が聞こえた。

ネコがいてラッキーだったし、お父さんがすぐにもどって本当によかった。ほっとして数秒待ってから、スパイのように植えこみから転がり出て、門に向かった。スケボーを持ってくればよかったな。全速力で通りをかけぬけ、だれもいない公園の横も通りすぎていった。夜の公園は閉鎖されていて、月明かりの下で幽霊の遊び場みたいにかがやいている。通りを半分ほど行くと、バス停の明かりと、その下に腰かける男の人の姿が見えてきた。

「来たな」

トーマスは真っ赤なベンチから立ち上がって、おれを見た。あごひげにぱっとすき間ができて、笑った歯が見えた。

「何かあったのかい？　楽園をぬけ出すのに一悶着あったのかな？」

そう言われて、おれは自分の体を見下ろした。パーカーにつぶれたナメクジが二匹と、土の跡がいっぱいついている。

「うげっ！」

自分の体から逃げようと、飛び下がった。

「じっとして」

トーマスがフフッと笑いながらはらいのけたナメクジは、クマの形のとけかかったグミみたいに夜の空気の中へ飛んでいった。

「さあ、もうすぐだ。あと二、三分でバスが来るぞ。運転手のマルコムは時間に正確なんだ」

トーマスの言葉にうなずいて、リュックサックからダウンジャケットとお父さんのスカーフと帽子を急いで引っぱり出し、身に着けた。するとトーマスがスカーフをつかみ、棒にわたあめをまきつけるみたいにおれの首にまいていった。顔がほとんどかくれて、目しか出ていない。

トーマスは一歩下がって、まじまじと見て言った。

「うーん、フリーパスを使うには若々しいな。背中を丸めてごらん。地面に落ちている小銭を探すみたいに」

言われた通りにやってみた。

「そうそう。スカーフで顔をかくして、髪が見えないように帽子を深くかぶって……背中を丸めて……歩くときは小刻みにふるえながら。八七歳の夜の乗客に見えるようにするには、それしかないな。もちろん、間近で見られなければの話だが」トーマスは眉間にしわを寄せた。「髪もどうにかしないといけないな」

　そして、おれの茶色いふわふわの髪を帽子の下に押しこもうとした。でも髪は長いし、帽子にはあまりすき間がない。

「悪いが、帽子を交換するしかないな」

　トーマスはお父さんの帽子を取って、自分の黄色い帽子をおれの頭にすぽっとかぶせた。そして、おれがリュックサックのファスナーをしめて、着ぶくれした体に背負うのを手伝いながら言った。

「さあ、よく聞いてくれ。セントポール大聖堂まで二路線を乗り継ぐ。バスに乗るときは、眠たそうにうつむいて、もごもご言いながら運転手にフリーパスを見せるんだ。何があっても、絶対に目を合わせないように」

　大きな赤いバスが角を曲がってどんどん近づいてきて、ついに目の前に止まった。トーマスはささやいた。

「よし、乗ろう」

　おれが返事をする間もなく、ドアが開いて声が聞こえてきた。

「やあ、トーマス、元気かい？」

「やあ、マルコム！　ああ、今日も寒いな」トーマスは腕をさすりながら乗りこんだ。

「今日は友だちと一緒でね。さあ、チョウじいさん、居眠りしてないで乗るぞ！」

　おれはお年寄りのふりをしてコホンと咳をすると、足元の透明な小銭を探すように背中を丸め、乗車口のステップをのぼった。フリーパスを差し出すときも、ぴかぴかの灰色の床だけを見つめていた。

　マルコムさんは言った。

「チョウさん、フリーパスは出さなくて大丈夫ですよ。わたしのボートは、トーマスの友だちならどなたでも大歓迎なのでね！」

　そしてブーッブーッと警告音を鳴らすと、ドアを閉め、真っ暗な道路の海へとバスボートを漕ぎ出していった。

ポールと真夜中の一団

バスの二階席にすわり、夜空のように真っ黒な道路を、ヘッドライトが巨大な懐中電灯のように照らしていくのを見ていた。

やったぞ、信じられない！　家族にばれずに家からぬけ出して、八七歳のアジア系のおじいさんのふりをしてバスに乗って、おれがカートを池に沈めてしまった人と、どろぼうをつかまえに行くなんて。奇妙な夢の中にいるみたいだ。

通路をはさんでとなりの席にいるトーマスの視線を感じる。ちらりと目をやると、トーマスはまばたきひとつせずに、あごひげをなでていた。

次のバス停に止まる頃には、その視線が気になって仕方なくなっていた。

「何？」

「ああ」トーマスは、あごひげをなでるスピードをゆるめて言った。「気にしなくていい。

考えごとをしているときには、じっと見つめるくせがあってね。そう、今はね、とても興味深いと思って考えていたところなんだよ。きみはどうしてこんなに熱心に、どろぼうをつかまえるのに手を貸そうとしてくれているのか、とね。いかにも悪そうな風貌で、数々の悪事をはたらいてきた子だが、完全な悪人というわけではなさそうだな」

おれは窓の外に視線をもどしたけど、スカーフの下で耳が熱くなっていった。トーマスはつづけた。

「それと、メイ・リーのことも考えていたんだよ。スープキッチンのことも。きみがキッチンでボランティアをしていたと、キャットウーマンに聞いたよ。しかしなんとなくね、わたしは思うんだ。今回のことが全部終わったら、きみはキッチンに足を運ばなくなるかもしれない。称賛を浴びて報奨金を手に入れたら、もうメイ・リーを手伝おうとは頭にも浮かばなくなるんじゃないかい？」

おれの胸で、一気に炎が燃え上がった。湯気が立つほど熱くなったスカーフを顔からずり下げ、おれはどなった。

「そんなわけない！　それに報奨金だなんて、考えたこともない！」

「本当に？　本心でそう言っているのかい？」

「わかった気になるなよ！　父親づらかよ。子どももいないくせに！」

考える前に、言葉が口から出ていた。言ってしまってから、はっとした。言葉を網でつかまえて、口の中に押しもどせたら。

トーマスは一瞬、凍りついた。そしてふっと視線をそらすと、窓に映る自分の姿を見てうなずいた。その沈黙がいたたまれなくて、おれはしどろもどろに言った。

「そ……そんなつもりじゃ……」

トーマスは両手を挙げると、無理に笑顔を作って、おれを見た。

「忘れてくれ。悪かった」

おれは目の前の手すりをつかむ自分の両手に、目を落とした。二番目のバス停に着いた。おりるバス停は、あと六つ先だ。何もかも、早く終わればいいのに。

サマージャケットを着た女の人と小さな男の子が、夜の急な冷えこみに寒そうにしながら乗車口のステップをのぼってきて、おれの後ろの席にすわった。トーマスは二人をちらりと見てから、おれを見た。

「ヘクター、いいんだ。どうしてわたしに協力してくれるのか、理由はどうでもいい。ただ心配なのはメイ・リーを傷つけないか、それだけだ。あの子はもうじゅうぶん苦労してきたからね」

　おれは自分が怒っていたのも忘れて、トーマスを見た。

「どういう意味？　じゅうぶん苦労してきた？」

　するとトーマスは、さぐるように目を細めてきいた。

「あの子から母親の話を聞いたことはないのかい？　遊びざかりの子どもなのに、どうしてスープキッチンで熱心に働いているのか、疑問に思わなかったかい？」

　おれは首をふった。そんなこと、一度だって疑問に思ったことはなかった。だってメイ・リーは優等生で、おれは今まで優等生のことなんてひとりも気にかけたことはなかったから。おれはそんなやつらの友だちになんかなれっこないんだから、気にかけてもしょうがないじゃないか。

　でもそんなこと、トーマスに言いたくなかった。

　そのとき、スパンコールのついたドレスやレザージャケットを着た男女のグループが、さわがしく歌ったりさけんだりしながらドタドタと階段をのぼってきた。

「席をつめてくれ」トーマスはそう言って、おれのとなりの席にすわるとささやいた。

「夜のバスではお決まりの悪夢さ」

バスはまた走り出し、おれはトーマスが説明してくれるのを待った。

「白血病という言葉は聞いたことがあるかい、ヘクター?」

「病気の名前でしょ?」

「ああ」トーマスはため息をついた。「メイ・リーのお母さんは、白血病だったんだ。治る患者もいれば、治らない患者もいる。メイ・リーのお母さんは治らなかった。去年、亡くなったんだ」

「そう……」

鼻の奥がつんとした。おれは鼻を強くこすると、トーマスの手に目を落とした。

「亡くなった数か月後に、メイ・リーのお父さんは引っ越しを決めた。奥さんのいない家で暮らしつづけることに耐えられなかったんだ。そしてメイ・リーと奥さんのご両親をつれて、ここに引っ越してきた。メイ・リーにとって、それは友だちみんなとさよならをすることだった。親子でスープキッチンでのボランティアを始めたのは、もともと住んでいた地域で、お母さんが同じような慈善活動に参加していたからだ。ホームレスの女性たちが路上生活からぬけ出せるよう支援をする活動だ。ほんの少し支援してもらえるだけでぬけ出せる女性たちをね」

「キャットウーマンみたいに？」

「ほかにも大勢いるよ」

「でも、じゃあどうしてキャットウーマンはまだ路上生活をしてるの？　だってもう、すごく……」

そこで口をつぐんだ。トーマスだってじゅうぶん年を取っているから。

「気にせず言っていいんだよ。『すごく年を取っているのに』だろう？」

トーマスはほほえんだ。おれがうなずいたとき、バスは次のバス停を通りすぎ、スピードを上げていった。トーマスはつづけた。

「中にはね、キャットウーマンのように孫もいて――」

「ちょっと待って、孫がいるの？」

びっくりしてきき返した。路上生活をしている人たちに、子どもや孫がいるなんて考えたこともなかった。

「四人いるよ。美しい子たちだ。キャットウーマンはテントの中に写真をしまっているんだよ」

「それなのに、どうして一緒に暮らしてないの？」バスがゆれて停車した。おりるのは次のバス停だ。「どうしてテントで生活してるの？」

「長い年月、同じ生活をつづけていると、そのままでいるほうが楽な場合もあるんだよ。キャットウーマンは若い頃、いじめられて、むりやり悪いことをさせられていたんだ。そのうちに、自分を悪人だと思いこむようになった。本来の自分を取りもどせなくなったんだ。メイ・リーのお母さんのような人たちやスープキッチンのみんなは、キャットウーマンのように傷ついた人たちが本来の自分を取りもどせるよう、支援している。支援を受けるうちに、自分のいいところを思い出していき、自分にはよりよい生活をする価値があると思えるようになっていくんだ。だが、それには長い時間がかかる。何年も経つうちに、かわいがっているネコや、手に入れた友人たちとこのまま生きていくほうが楽だと思うようになることもあるんだ。見ていてわかるだろう？　我々はほとんど何も持たないが、おたがいがいる。別れを告げれば、本当の家を失うことになるんだよ。お、着いたぞ」

トーマスは降車ベルを押した。「次はオールドウィッチ」と車内アナウンスが流れ、バスがスピードを落としていくなか、おれは考えていた。いじめられたために本当の自分でなくなってしまって、自分を取りもどす方法を教えてもらわなければいけない、キャットウーマンやスープキッチンにいる人たちのことを。自分のいいところを全部忘れてしまうほどに追いこまれてしまったことを。

そして、本当の自分を忘れさせてしまうほどにだれかを追いこむ、そんな人間に自分はなりたくないということを……。

「スカーフで顔をかくして。おりよう」トーマスがささやいた。「さあ、早く！」

二人で階段を下りて、下車した。おりるとき、トーマスは運転手に手をふった。暖かいバスの中にいたから、外の空気がいっそう冷たく感じる。おれはスカーフをさらにきつく顔にまきつけた。

「そう長くは待たなくてすむはずだ」

トーマスはバス停にもたれて言った。後ろには、大きなヘッドホンをつけてその場でダンスしながらバスを待っている女の人がいる。その人はトーマスとおれに気づくと、後ずさって背を向けた。おれのズボンのひざには泥がついているし、風変わりなスカーフをまいて毛糸の帽子をかぶっているから、トーマスと同じようにホームレスに見えるんだろう。

寒くてふるえてきたから、手足をしきりに動かして体を温めようとした。これじゃ夜明け前に大聖堂にたどり着くことさえできないんじゃないかと不安になり始めたとき、ようやく一五番線のバスがやってきて止まった。

女の人は「やっと来た」と言って、おれたちを追いこしてバスに乗りこもうとした。トーマスに失礼じゃないか。足を引っかけて転ばせてやろうとしたおれを、トーマスが引きもどして、女の人を先に通した。

「忘れるな。うつむいて人目をさけて、わたしの後ろにぴったりついてくるんだ」

トーマスはおれにささやいて乗車口のステップをのぼり、運転手にフリーパスを見せた。ホームレスの人たちが使えるフリーパスだ。

おれもフリーパスを差し出したけど、運転手の女の人はちらりとも見ず、おれがまだちゃんと乗りこまないうちにバスを発車させた。

トーマスは乗車口のすぐ横の席をつかんで言った。

「ここにすわろう。三つ先のバス停でおりる」

おれは無言でトーマスのとなりにすわった。一番後ろのはしの席に、だれかが半分横たわるようにすわっているのが見える。上半身にはコートをかぶっている。夜のロンドンのバスには、乗客がたくさんいるみたいだ。

「次はフリート・ストリート」

「次はラドゲート・サーカス」

バス停に止まるたびに、ドアが開いて乗客がおり、外の風が吹きこんでくる。たくさん着こんだ姿で暖かいバスの中にもどったから、暑くなってきた。ドアのそばにすわってよかった。トーマスは目を閉じている。おれと同じように心配しているのかな。予想が外れて、見えない窃盗犯が姿をあらわさなかったらどうしよう？　それとも、おれたちが着く頃には立ち去っていて、犯行の瞬間をのがしてしまったら？

「次はセントポール大聖堂」

「おりるよ」

トーマスがささやいた。ドアが開くと、おれはトーマスにつづいてよろよろと下車し、人気のない通りに出た。巨大な石船のように目の前にそびえ立っているのは、セントポール大聖堂だ。いつもは白くて静かだけど、今日は全体が大きなスクリーンに変身している。軍服姿の男女の写真が、柱やレンガや金時計に次々と映し出されていく。時計の針はもうすぐ一一時四五分を指すところだ。キャットウーマンが言っていた通り、今日はヨーロッパ戦勝記念日のイベントが行われているんだ。

トーマスがおれの腕をつかんで、そばの店の裏へ引っぱっていき、ささやいた。

「しばらくここで見張ろう。コンサートは終わったから、もうすぐみんな帰るはずだ。何か不審な動きはないか、目を光らせておくんだ。いいかい、犯人が何を盗むつもりなのかはわからない。あそこのアン女王の像の一部なのか、それとも大聖堂の中の何かなのか。予想通り犯行現場がここになるなら、だが……」

おれはこっそり、金の冠をかぶった大きな乳白色の女の人の像をのぞいた。これから試合でも始めるかのように、ステッキとボールを手にしている。ねらっているのがこの像なら、犯人はすぐに見つけて、女王の首にぶら下がって試合の道具を二つとも盗んでいくだろう。

待つ間、おれはあたりを見回して、大聖堂の入り口で寝ているふりをしている人影がないか探した。身をくねらせながら人間へと成長していく植物のように、急に動き出すかもしれないから。でも、そんな人影はどこにもない。通りの向こうから、手をつないでキスしたり、大声で笑い合ったりしながら大聖堂へと歩いてくるカップルがいるだけだ。

おれはトーマスの腕を引っぱってささやいた。

「トーマス、きっとここじゃないんだよ。車のライトも建物の明かりもついてる」

トーマスは大聖堂を見上げて、ニッと笑った。

「ここで間違いない。ほら、見てごらん。大聖堂の中の照明が消えている」

「照明？　どこの？」

トーマスは、大聖堂の正面の扉の上にならぶ二列目の柱を指さした。

「あそこに窓があるのがわかるかい？　あの窓からは、いつも明かりがもれている。わたしが路上生活をし、バスに乗りつづけてきたこの二〇年、明かりが消えていたことは一夜もない」

「記念日だから消してるのかもしれないよ？」

「今日は最も、消すはずのない日なんだよ。あの明かりは目にする人すべてにとって、永遠の希望を意味するからね。おそらく犯人はもう中にいて、何か価値の高いものを盗んでいるだろう」

「女王の金のステッキよりも価値の高いもの？」

そんなもの、あるかな？

トーマスはささやいた。

「ああ、くらべものにならないほどね。急がなくては。行こう、今ならだれもいない」

トーマスはおれを連れて、シャッターの閉まった立ちならぶ店の前をかけぬけ、大聖堂の横の低く黒いゲートで囲まれたオフィスビルに向かっていった。ゲートの内側の段をのぼったところに、かがやく黒い扉があって、その横に金のマークがある。「X」の形に交差する二つの剣の上に「セントポール大聖堂管理事務所」と文字のあるマークだ。

トーマスはあたりを見回し、だれもいないことを確かめると、ゲートを押し開けた。でも扉へとつづく段はのぼらず、地下の洞窟へとつづくかのような急階段を下りていった。おれもついていくと、小さなドアの前にたどり着いた。ドアの上には小さな丸窓があり、横にはとても大きな窓がある。

トーマスはおれを見下ろした。

「やれるかい？　だれにも見られず、警報器も作動させずに中に入る方法はこれしかない」

首をブンブンと横にふりたかった。うまくいきっこないよ！　こんな小さな丸窓からどうやって入るっていうんだよ？　おれの体はいくらなんでもそこまで小さくないし、丸窓は小さすぎるし、すごく上にあるし、それにそもそも開かないんじゃ？　でも、メイ・リーの忠告を思い出した。これは勇敢なプランで、おれも勇敢にならなくちゃ実行できない。だから無言でうなずいた。

そのとき、トーマスがはっと動きを止めて言った。

「シーッ！　ちょっと待った！」

おれもかたまった。地上の歩道で足音が聞こえる。足音は頭上を通りすぎ、遠くへ消えていった。

「よし」

トーマスはうなずくと、おれがリュックサックをおろしてダウンジャケットを脱ぎ、スカーフを外すのを手伝った。そして、おれの帽子をぽんとたたいて言った。

「これはかぶったままにしよう……念のため。いいかい、この窓は小さいから警報器は設置されていない。そっと開けて安全に下りて、この大きい窓のロックを解除して開けてくれ。わたしはそこから入る。窓を開ける前に、必ず壁の緑のボタンを押すんだ。押さずに開けようとすると、警報器が作動する」

「うん」

こわくて、小声でそう答えるのが精いっぱいだった。

「勇気を出すんだ」

トーマスはささやくと、小さな懐中電灯をわたした。トーマスがおれを肩車し、バランスを取りながら支える。おれは手をのばして丸窓に触れた。トーマスの言う通り、指先で押すだけで中に開いた。窓枠をつかんで体を引き上げようとするけど、重くてうまくいかない。

「もっと高く」

おれがささやくと、トーマスはうーんとうなりながら、さらに高く押し上げた。おれはなんとか両腕を窓の内側に入れて、体を持ち上げた。もう、外に出ているのは足だけだ。おれは一瞬ためらって深呼吸をすると、体を前にかたむけ、カーペットの床にドシンと落ちて少し頭をぶつけた。トーマスの言う通り、帽子をかぶっててよかった！

懐中電灯をつけて、大きな窓の白いカーテンを開けると、外で待つトーマスの姿が見えた。あごひげを力強くなですぎて、今にも引っこぬきそうだ。トーマスはおれに気づくと、親指をぐいっと立てた。おれは壁の緑のボタンを見つけて押すと、かけ金を外し、窓の下半分をスライドさせて開けた。トーマスはコートと帽子とおれのリュックサックをその場に置いたまま、身をかがめて影のように忍びこんできた。

「よくやったな、ヘクター。しかし、これっきりにしないとな」トーマスはおれの腕をぽんとたたいた。「歴史的建造物に無断で侵入するのは、これが最初で最後だ」

おれはニッと笑った。校長先生が今のおれを見たら、居残りを何日させるだろう？

トーマスはささやいた。

「ところで、ここで待たなくて本当にいいのかい？」

「いいよ！　犯人をつかまえる手伝いをさせてくれるって、約束したじゃない！」

「本当にいいんだね？」

おれはうなずいた。質問されて、こんなふうにしっかりとうなずいたのは人生で初めてだ。

「よし。ぴったり後をついてくるんだよ」

トーマスはおれを連れて廊下へと進み、階段の下の小さな木製ドアの前で足を止めた。

トーマスがドアを開けると、中はがらんとしていた。

「懐中電灯をしっかり持って」

トーマスはささやいて、中の床にある大きな鉄の隠し扉のわきにしゃがみこんだ。あらかじめ聞いていた通りだ。

「いいかい、突き当たりに着くまでは呼吸は小さくするんだ。酸素をできるだけ消費しないように、呼吸を浅く一定に保つ。大聖堂までそう長い道のりじゃないが、すべりやすいし深い地下だから長く感じるだろう。少なくとも、わたしがここの記録保管チームで働いていた頃は、そう感じていた」

　すっかり気が高ぶっていたおれは返事もできなかったし、トーマスも返事を待とうとはしなかった。おれは懐中電灯をしっかりとかまえ、トーマスは鉄の輪の取っ手をつかんでゆっくりと隠し扉を開けた。中には下へとつづく短い階段があって、その先は何も見えない闇の中だ。

「今行くからな、ポール［セントポール大聖堂は聖パウロを記念する歴史的建造物で、パウロは英語でポールと発音する］」

　トーマスは階段を下りていき、たちまち闇のトンネルに飲みこまれた。おれも下りていくと、周りの壁と足元がゆれ始めた。ポールの時計が〇時を指し、チャイムで世界に新しい一日の始まりを告げた。

2/10 五つの顔

ほこりっぽくよどんだ空気の中でせきをしないようにこらえながら、懐中電灯の丸い光をたよりに、トンネルのはしまでトーマスの後を急いでついていった。

「シーッ！」トーマスがささやいたとき、目の前にやっと短い鉄ばしごがあらわれた。上の小さな木の扉口につながっている。「声をかけるまで動かないように」

トーマスははしごを半分までのぼると、懐中電灯を消した。おれは手をのばしてトンネルの壁に触れた。どこからも一筋の光も差さず、何も見えない——ピカデリーサーカスの夜みたいに。

頭上のあちこちから、小さくきしむ音がひびいてくる。そして、ふっと静かになった。

「トーマス？」

また「シーッ！」という声が壁にこだました。

じっと待つ。やけに大きなドクドクという音は、大聖堂（だいせいどう）のどこかから聞こえてくるのか、それともおれの心臓（しんぞう）の音なのか。

「手を貸（か）してくれ」

上からトーマスの声がした。でも聞こえた方向にのばした手は、はしごにぶつかった。大きな鉄の音がトンネルを下り、反響（はんきょう）してまたもどってきた。

「ごめん」

ささやいて、もう一度ゆっくり手をのばした。今度は指先がトーマスの指先を探（さが）し当て、にぎった。トーマスは手首を、次にわきをつかんで、井戸からバケツを引き上げるみたいに、おれを引っぱり上げ、かたく冷たい大理石の上におろした。天井（てんじょう）からブンブンと音が聞こえてくる。まるで上の階の床（ゆか）との間に、大きなハエが閉（と）じこめられているかのようだ。

トーマスは懐中（かいちゅう）電灯をつけ、白い光であたりを照らした。今いるのは、広い地下ホールだ。大きな像（ぞう）やアーチ道が低い天井（てんじょう）の下にひしめき合っている。片側（かたがわ）には細長いガラス張（ば）りの部屋があり、「ギフトショップ」と文字がある。その反対側の壁（かべ）にはトイレの表示（ひょうじ）があり、先には立ちならぶ大きな石像（せきぞう）の間に、テーブルとイスの片（かた）づけられたカフェがある。

何より目を引くのは床（ゆか）だ。長方形の模様（もよう）がならんでいて、流れるような凝（こ）った書体の文字が書かれている。数秒ながめていると、わかってきた。文字は人々の名前と、生前はどんな人だったかを記しているんだ。何もこわさず、警報器も作動させずに大聖堂にしのびこむ唯一の道は、地下につづくトンネルだという説明はトーマスから聞いていたけど、その地下に大勢の人が埋葬されているとは思いもしなかった。

「ここは地下墓所だ。あそこを見てごらん」トーマスが懐中電灯で先を照らすと、暗やみから長いカウンターとキッチンが浮かび上がった。「機械がどれも作動していないだろう？冷蔵庫の明かりも消えている。なんらかの方法で、この建物だけ停電させたんだろう。つまり警報器は作動しない。やつらは頭が切れるな。さあ行こう、こっちだ」

そして重いガラスの二枚扉にかけ寄ると、片側を引き開け、おれに早く来るようにと合図した。扉の先の階段をのぼって曲がり、またべつの小さな階段をのぼると、トーマスは立ち止まって懐中電灯を消した。さっきのトンネルとはちがって真っ暗じゃない。壁の上の方に長い窓がいくつかあって、外の街灯や月明かりが差しこんでいる。

ブンブンという音がさっきより近くから聞こえる。それに人の声も。

トーマスはコートのポケットに手を入れ、シャンパンのボトルみたいな形の小さなパーティークラッカーを四つ取り出し、おれにわたしてウインクした。

「これだけしか手に入れられなくてね。準備はいいかい？　プランは覚えてるかな？」

おれはクラッカーを胸に押しつけて返事をしようとしたけど、出てきたのは小さな悲鳴みたいな声だけだった。プランは午後にトーマスから聞いていたけど、いざここまで来ると、ずっと恐ろしくて実行不可能なものに思えてきた。

トーマスはおれに、できるだけぴったりと壁にはりついて移動するようにと身ぶりで伝えると、大広間につながるガラスの二枚扉に向かって進んでいった。扉に近づくと、大広間の巨大な空間が目に入った。床の白と黒のタイルが、暗やみの中で永遠にかがやきつづけるチェスボードのように光を放っている。無数のアーチのはるか上に、巨大な金のティーカップをさかさまにしたような丸屋根がある。真下の床は、円の中に大きなとがった星の形にタイルがはめこまれていて、その真ん中でオレンジや黄色の火花が散っている。ピカデリーサーカスで見た光景と同じだ。

でも今、目の前で散っている火花はひとつじゃない。あっちにも……こっちにも……あそこにも……。

どろぼうは五人もいる！　全員、しわの寄った黒いコートを着て、スニーカーをはき、ぼさぼさのあごひげをつけている。そして、そろって床の何かを切り取ろうとしている。

トーマスがとまどった顔で言った。

「ひとりじゃなかったのか」

「五人もいるなんて」ささやくおれの声は、手と同じくらいふるえている。「引き返して警察を呼ぼう」

ああ、携帯電話があれば！　お母さんたちが、おれにはまだはやいなんて言うから！

トーマスはささやいた。

「その頃には姿を消しているだろう。もう終盤だ！」

その通り、うーんといううなり声がつづいたあと、ガタンと大きな音がした。どろぼうたちは、大理石の床から大きな金の円を持ち上げようとしている。円のふちは流れるような文字で囲まれていて、中心には管理事務所の扉にあったのと同じ、二つの剣のマークがかがやいている。

どろぼうのひとりが、床に黄色いスプレーで記号を書き始めている。直線と、その上に数字の2、下に10。

トーマスはささやいた。

「大丈夫、成功する。いいかい？　ただただ全速力で走るんだ。キャットウーマンがすぐにメッセージに気づくよう祈ろう」

　どろぼうたちがトーマスに暴力をふるうかもしれない。それにおれを追いかけてくるんじゃないかって、こわい。そう言いたかったけど、そんな間もあたえず、トーマスはおれをすみに押しやってかくすと、バンッとドアを開けた。

「ごきげんよう、諸君！　一体、ここに何があるんだね？」

　さわがしい金属音とスプレーの音、うなり声がいっせいにやんだ。一瞬の静寂の後、女の人の声が返ってきた。

「あんた、だれ？」

　トーマスが広間の真ん中につかつかと歩いていく足音が聞こえる。

「お嬢さん、何をおっしゃるやら。わたしは、あなたがたの犯罪の濡れ衣を着せられている男ですよ。今度は何を盗んだことにされるのか、ちょっと立ち寄って見てみようと思ったものでね！」

　おれはズボンのポケットにクラッカーを押しこんだ。

　今だ。どろぼうたちの視線はトーマスに向いている。こっそり大広間にしのびこみ、どろぼうたちの横をすりぬけて正面玄関から出て、クラッカーを鳴らすチャンスだ。そうすればキャットウーマンの仲間たちがかけつけて五人のどろぼうをつかまえて、最初の目撃者になり、警察に突き出すのを手伝ってくれる！　おれは今、ただ飛び出すだけでいいんだ！

そう思ったけど、できない。両手は壁にしがみつき、両足は床からはなれようとしない。できないよ。おれはみんなが思ってる通りのやつなんだ。勇敢じゃないし何もうまくできない。ただのやっかい者なんだ！

五人はゆっくりとトーマスを取り囲んでいく。それぞれの方向から両手をのばし、暴力をふるおうとしている。

「まあ、落ち着きなさい」静かなトーマスの声には恐怖がまじっている。「こんな人間をおそって何になる？　ましてや、諸君がファッションの手本にしている相手じゃないか」

体の大きなどろぼうがトーマスの腕をつかんだ瞬間、おれの体は前のめりになり、足は宙を滑空するかのように猛ダッシュし始めた。

「手をはなせ！」

さけんだおれを、五人はふり返って見つめた。そういえば、だれにも見つからないようにこっそりと正面玄関まで走りぬけるはずだった！　目をしばたたかせている、そっくり同じあごひげの六人を尻目に、おれはスニーカーのキュッという音とともに左に向きを変え、大聖堂のわきの通路を全速力でかけ出した。

「追え！」

女どろぼうが金切り声で指示を出し、大聖堂に足音が一斉にひびきはじめた。

「ヘクター！　気をつけろ！」

トーマスの声にふり返った。どろぼうのひとりがもう追いつきそうだ！　おれはさっと右へそれ、大きな燭台の乗っているテーブルクロスを引っぱって後ろの床に落とした。どろぼうが足を取られてドシン！とたおれ、床をボウリングのピンみたいにすべって木のイスに次々にぶつかっていく音がする。

大広間を横切って、長いベンチのならぶ真ん中あたりまで来たとき、ベンチの反対側から二人のどろぼうがおれを目がけて走ってくるのが見えた。おれは馬跳びレースみたいにベンチを次々に飛びこえていった。でもベンチの列はまだまだつづいていて、玄関のドアははるか先だし、足が疲れて高くジャンプできなくなってきた。ベンチの席にはところどころに聖歌集が置いてある。それを何冊かつかんでふり返り、投げつけていった。

「うわっ！　おい、やめろ！」

一冊がひとりのひたいを直撃した。おれはベンチから飛びおりた。もうひとりがせまってきているけど、聖歌集は投げつくしてしまった！　床にふせ、聖歌集でもなんでも、何か投げられそうなものが落ちていないか手さぐりで探した。するとベンチの脚と脚の間が、入りこめそうなくらい幅があるのに気づいた。おれは腹ばいで入りこみ、二人のどろぼうに羽交い絞めにされているトーマスのところまで這いもどっていった。そして二列手前で止まり、息をつめて、おれを追っていたどろぼうたちがここにはいないと思いこんで去っていく気配がするまで待った。女どろぼうの金切り声が聞こえる。

「あいつはどこ？」

「わからん！」

「ベンチの下を探そう！」

女どろぼうの声が聞こえ、あわてて這い出してベンチの上にうつぶせになり、息を殺して待った。

「下にはいないぞ！」

二人が立ち上がった気配を感じ、おれは床にふせ、また正面玄関の方へと這っていった。でも二人が数秒おきに立ち止まる足音が聞こえてくる。一列ごとに、ベンチの上と下を確認しながら進んでいるんだ。トーマスがさけんだ。

「あの子にかまうな！　まだ子どもだ。なんの関係もない」

「だまれ！」

女どろぼうがどなり、トーマスは暴力をふるわれたのか、うめき声が聞こえた。

トーマスに手出しするな！　またどろぼうの気を引かないと。どうしよう、どうやって？　必死に考えた。そして手をのばし、ベンチの上の聖歌集を一冊つかんで、トーマスのいるほうにとどくよう、床に素早くすべらせた。数秒後、ベンチの脚に当たるバンッという音がした。トーマスをつかまえているどろぼうが言った。

「ここにかくれてるな、悪ガキめ！」

近くで聞こえていた足音が、丸屋根の下まで走っていく音に変わった。おれのかくれている列のベンチの下には見向きもせずに遠ざかっていく。おれはそのすきに、ものすごい勢いで這っていった。人生でこんなにはやく這ったことってない。

また一冊、聖歌集をつかんで力いっぱい床をすべらせた。どこに向かってすべっていったのかは見えなかったけど、カーンという金属音がひびいた。大きな真鍮の燭台にぶつかったんだ。

ひとりがさけんだ。

「あそこだ！」

どろぼうたちが燭台の方へ向きを変えたのが、足音でわかった。おれは笑いをこらえ、さらに先へと這っていった。でも一番後ろの列にたどり着いて、玄関の大きなドアの下部分が見えてきたとき、バンッと音が鳴った。

這っているときに、ポケットの中のクラッカーのひもが一本引っぱられてしまったんだ。ポケットの中は、飛び出した細長い紙テープであふれている。どろぼうたちがいっせいにさけんだ。

「ドアのほうだ！」

もう、かくれる場所はない。おれは玄関ドアに向かって全速力でかけ出した。たどり着くと、トーマスに言われた通り、小さなドアを引き開けようとした。えっ？　開かない、鍵がかかってる！　あわててとなりの小さなドアにかけ寄って開けようとしたけど、やっぱり鍵が！

「押せ、ヘクター！　押し開けるんだ！」

そうか！

助走をつけて勢いよくドアを押し開け、冷たい外の空気の中に飛び出して正面階段の最上段に着地した。ちょうど大聖堂の正面に映し出される絵が変わり、カラフルなライトの波がおれの体の上を流れていった。おれとトーマスを助けようと待ちかまえている人たちがいないかと、見回した。キャットウーマンの仲間たちが。でも、だれもいない。大聖堂にしのびこむ前と変わらず人通りはなく、しーんとしている。

あせってポケットに手をつっこみ、クラッカーをひとつ取り出した——いや、これはさっき鳴らしたやつだ。また手をつっこみ、あふれる紙テープの底のクラッカーを取り出そうとしたとき、だれかに首を両手でつかまれ、低いしゃがれ声がした。

「観念しろ」

身をよじってふりはらおうとしたけど、がっしりとつかまれていて逃げられない。

もうひとり、背の高いやせたどろぼうもやってきた。その手に何か光っている。小指にはめた、金の指輪。

おれはそいつの足をけった。でも痛がるそぶりもなく、ただ笑っている。ピカデリーサーカスで耳にした、あの笑い声だ。

「おやおや……」どろぼうは、つけひげをはがしてにやりと笑った。「おもしろいぼうやだな」

おれは顔をしかめた。この顔には見覚えがある。ピカデリーサーカスで見ただけじゃない。ほかでもどこか……お父さんのスタジオのテレビで……女の人に小切手をわたしていた……シェルターを作ろうとしている女の人に！

どろぼうは言った。

「さあ、中にもどって、きみのお仲間と一緒に少し話そうじゃないか。実りある話ができそうだ」

「そうはいかないよ！」

その声とともに、階段の下のアン女王像の後ろから、女の人が姿をあらわした。

キャットウーマンだ！

「その子をはなしなさい」

そう声をはり上げ、メイソンさんが像の反対側から出てきた。

そして暗やみの四方八方から、まるでまわりの建物や木々に化けていたかのように、十人以上の男女が姿をあらわした。スープキッチンにいた人たちだ。

次の瞬間、通りに青い光が差したかと思うと、パトカーがあらわれ、キーッと音を立ててキャットウーマンの横に急停車した。そして中から、ミリアム巡査とフィリップ巡査が飛び出してきた。ミリアム巡査は大声で言った。

「ゲームは終わりですよ、ネズビット卿！　ひげを外し、両手を挙げてこちらへ来なさい！」

II　ヒーローのベンチ

キャットウーマンとトーマス、メイソンさん、おれは大聖堂の前の階段にすわっていた。キャットウーマンは考えこんで言った。

「まさか、こんな真相だったとはね。ネズビット卿と娘のフェリシティだったなんて……。かたや、ホームレスのシェルター建設を支援する大富豪の実業家、かたやイギリスの宝石とうたわれる令嬢！　それが真の顔はどろぼうだったとは。これで何もかも明らかになったね……」

後ろでどなり声やもみ合う音が聞こえて、ふり返ると、ミリアム巡査とフィリップ巡査がネズビット卿と娘を連れてパトカーに乗ろうと、階段を下りてくるところだった。

「はなせ！　わたしは英国のナイト［王室からあたえられる称号］だ！　ナイトなんだぞ！聞いていているのか？」

ネズビット卿が手錠を外そうとして、身をよじって暴れている。

「はいはい」ミリアム巡査は生返事をしている。「すぐに刑務所のナイトになれますよ。ご心配無用です」

するとフェリシティが、ネズビット卿をけろうとスニーカーをはいた足をふり上げた。

「お父さん、うるさい！」

つけひげを取ったその顔にも見覚えがある。ニュース番組じゃなく、お母さんが去年読んでいた本の表紙で見た。女性のパワーと内なる強さ、とかいうテーマの本だったな。

おれたちの横を通りすぎようとしたとき、ネズビット卿がぴたりと足を止め、つられてみんな動きを止めた。ネズビット卿はトーマスを見下ろして言った。

「なんてやつだ！　わたしのような人間をおとしいれるとは！　お前たちホームレスのくずどもに、ひとり残らず報復してやるからな！　見てろよ！　この街からわたしを追い出すことなど、できやしない――お前たちをこの街から追い出すのが、わたしの仕事なのだ！　このロンドンの本来の素晴らしさを取りもどすのだ。今は路上生活のやつらに台無しにされ、だれも住みたがらないし働きたがらない。不動産の価値も大暴落だ！　だがこの街は、今でもわたしが牛耳っている。市長も意のままだ。ベインブリッジ市長がお前たちを追い出すから、見ていろ。市長の作る条例は実質、わたしが作っているのだから。我々の作る道は、世界の道！　お前たちに永遠に勝ち目はない！」

「だからうるさいって、お父さん！」

フェリシティは今度はなんとか、ネズビット卿のすねをけった。トーマスはゆっくりと首をふりながら立ち上がった。トーマスのほうがたぶん、背は低いし、顔も体も汚れている。でも今、ナイトに見えるのはネズビット卿ではなく、トーマスだった。

トーマスは口を開いた。

「よく聞け」

ネズビット卿は、わざとらしく鼻にしわを寄せてはなれようとした。でもその場から動けないよう、ミリアム巡査が両腕をつかむ手に力をこめた。

「我々にはナイトの称号どころか、住む家さえない。だが少なくとも、正体を偽りはしない。人より金を優先することもない。富と権力を手に入れるために、街の財産を盗むこともない。もし貧しく、くずのような人間がいるとしたら、失礼ですがそれはあなたのことですよ、ネズビット卿。我々ではない」

トーマスはそう言ってほほえむと、ミリアム巡査にうなずいて、話は終わりだと示した。

巡査はうなずき返すと、どなり散らしているネズビット卿に「さあ、あなたの新居へ向かいましょう」と声をかけてパトカーに押しこんだ。フェリシティも後につづく。

トーマスは悲しい顔で言った。

「なるほど、市長がついているなら、防犯カメラも照明も警報器も操作できるはずだ。まさかこの三人が首謀者だったとは。ネズビット卿とお嬢さん、それに市長まで！」

おれは、お父さんのスタジオで見たニュースを思い出してきいた。

「でも、ネズビット卿はホームレスの人たちが嫌いなら、どうしてシェルターに寄付したんだろう？」

「ああ、それはよく見透かせばわかる。市長が作った新しい条例によって、寝泊まりできるシェルターがある場合は路上生活が違法になったんだ。シェルターがこれまで生活していた場所よりはるか遠くであっても。ネズビット卿が街の外のシェルターを拡大するための資金を寄付したのは、そうすれば条例制定後、我々をシェルターに追いやれるからだ。しかしそこは、友人や家族、作り上げてきたコミュニティからはるか遠くにある。我々が街から消えれば、ネズビット卿は不動産の賃貸料をまた上げられる。それで得られる収益は、シェルターに寄付した額の一〇倍にもなるだろう。一〇〇ポンドの小切手を取り返すために、一〇ポンドを寄付するようなものだ」

　メイソンさんが、一面にシルクハットの模様がついた、ずれた蝶ネクタイをなおしながら言った。

「同じイギリス人として、恥ずべきことだ」

　おれたちは無言で、ネズビット卿親子と仲間のどろぼうたちを乗せたパトカーが、白いフラッシュと青いライトのまぶしい光とともに走り去っていくのを見送った。周囲の建物から大勢の人たちが通りへかけ出してきて、つかまったどろぼうたちの写真を撮っていたんだ。おれたちを撮影している人までいる。幸い、警察が大聖堂の周囲に黄色いテープを張って、おれたちを中に入れ、ほかの人が近づけないようにしてくれた。

　おれはまだすっきりしなくて、きいた。

「でもネズビット卿親子はお金持ちなのに、どうして窃盗までしてもっとお金をほしがるんだろう？」

　キャットウーマンは肩をすくめた。

「さあね。いくら裕福になっても満足できない人たちもいるのさ。絶えずもっと、もっとと求めている。そして時には権力を持ちすぎて、他人を傷つけることをなんとも思わなくなる」

「ヘクター？」後ろから呼ばれ、ふり返って見上げると警察官が立っていた。「ミリアム巡査がご自宅までお送りするとのことです」

おれはうめいた。

「ああ……大変なことになるぞ」そして手をのばし、トーマスの腕をつかんだ。「トーマスも来てくれない？　お願い。トーマスと一緒なら、そんなにしかられないと思うから」

「わかった、行こう。それほどしかられないと思うがね」

その通り、二人で家に帰ると、お母さんもお父さんもヘラクレスもリサも、それにヘレンさえ、おれの帰りをすごく喜んで、おれたちの話を大興奮で聞いていた。家をぬけ出して、警察に電話するほどうんと心配させたことをしかるのも、すっかり忘れていた。人の形になるよう、ブランケットの下に服をつめたのは失敗だったみたいだ。窓を開けたままだったから、風が吹きこんでブランケットも服も飛び、その音でみんな目が覚めたらしい。

お母さんが言った。

「ああ、二人はヒーローね」

「夜のバスに乗るヒーローだ！」

ヘラクレスがそう言って手をたたき、おれとトーマスをキャラメルアイスの特大盛りを見るような目で見上げた。お母さんはにっこりして言った。

「その通り。ねえ、トーマス、今夜はぜひ泊まっていっていただきたいわ。息子を無事に家まで連れて帰ってくださったお礼にできることといったら、それくらいしかないから」

トーマスは初めは、寝泊まりする場所ならあると断っていた。でもヘラクレスが足にしがみついて、ヘレンはお父さんがあっという間にスタジオに用意したソファーベッドにトーマスを引っぱっていったから、泊まる気になってくれた。

次の日の朝、おれはとびきり早起きして、トーマスに会おうと階段をかけ下りていった。友だちが家に泊まったのは初めてだったし、これまでに起きたたくさんの出来事について話したくてたまらなかったから。でもお父さんのスタジオに行くと、ソファーベッドは片づけられていて、トーマスの姿もなかった。

キッチンにかけこむと、お母さんとお父さんがテーブルに食器をならべていたけど、やっぱりトーマスはいない。だから一階のトイレものぞいたけど、そこにもいなかった。いなくなったんだ。さよならも言わずに。

お父さんがきいた。

「ヘクター、どうしたんだ？」

「知ってる？　トーマスがどこに行ったか」

お皿に盛った大きなプリンみたいに、のどがふるえる。お母さんが皿を置いて言った。

「用事があるって言ってたわ。どうかしたの？」

「べつに」

そう言ってお母さんとお父さんの顔を見上げると、二人はたがいに目くばせしてちらりと笑みを浮かべていた。

おれのことを笑ってるんだ。信じられない。

「何がおかしいんだよ！」

するとお母さんは困った顔で言った。

「おかしいなんて言ってないでしょ？」

「どうしていつも、おれをばかにするんだよ？　おれがどんなことに興味があるか、気にしたこともないじゃないか。いっつもあざ笑って、嫌ってる！」胸の中にたまっていた言葉のダムが決壊して、止める間もなく口からあふれ出してくる。「知ってるよ。おれなんか生まれてこなければよかった、ヘレンとヘラクレスだけならよかったと思ってるんだろ？」

するとお父さんが、おれの肩に両手を乗せて言った。

「そこまでだ。一体どうした？　お母さんもお父さんも、ヘクターをばかにしたことなんて一度もないぞ。嫌っているなんてことは絶対にない」

お母さんが、おれのほおをなでて言った。

「そんなふうに笑ったことなんてない。ヘラクレスやヘレンと同じように、ヘクターのことも心から愛しているのよ。どうして疑うの？」

おれは、ぬれた目をあらっぽくぬぐった。涙を見られたくない。

「ああ、ヘクター」お母さんはおれを抱きしめた。「いつも小言を言うのは、あなたは本当はもっとできる子だって知っているからなのよ。あなたにはたくさんの能力と才能があるのに、無駄にしている。それが悲しいの。あなたは素晴らしい人間になる可能性を持ってる。ただただ、無駄にせず、その通りになってほしいだけなのよ」

お父さんもうなずいて、おれの腕をなでた。

「昨日の夜、自分が何をしたか考えてごらん！　とても勇敢だった。ヘクターとトーマスのドキュメンタリーを制作しなくちゃならないな！」

おれはお父さんの顔を見上げて、ぱっと笑顔になった。

「ほんとに？」

鼻水をふくおれに、お父さんはにっこりして言った。

「ああ、必ず。ヘクターは昨日、とても大きなことをなしとげたんだ。真犯人を突き止め、濡れ衣を着せられていたたくさんのホームレスの人たちを救った。これを映画におさめないなら、一体何をおさめるっていうんだ」

お母さんが、おれの髪をくしゃくしゃになでて言った。

「あなたのことを、とても誇りに思うわ。さあ、手を洗って。リサには、今日はゆっくり来ていいって伝えてあるの。わたしが朝ご飯のカナッペを作るわ！」

ひょっとしたら、おれは何もかもかんちがいしていたのかもしれない。お母さんとお父さんがいつもおれをじゃま者だと思っているなんていうのは、思いこみだったのかもしれない。おれがもっと前向きに行動できるところを見せるのを、ただ待っていたのかもしれない。おれは今、自分がそうなれるって知っている。そうなりたい。自分のためだけじゃなく、トーマス、メイ・リー、キャットウーマン、ヘラクレス、ランディ、ラビニア、これまで傷つけてきたみんなのために。

みんなに罪滅ぼしをしよう。ひとり残らず。そして行動で示すんだ。人を傷つけて、いい思い出を忘れさせ、居場所を失った〝ホームレス〟な気持ちにさせる、そんな人間には二度ともどらないってことを。

「ちょっと急いでやらなくちゃいけないことがあるんだ」

おれはキッチンから出て階段をかけ上がり、自分の部屋に行った。そしてジーンズとTシャツに着替え、バスのフリーパスとスケートボードをつかむと、家から飛び出した。

公園に着くと、古びたテントにトーマスがもどっているか確認しに、木立のところまで走った。でも、そこにいたのは「フォーエバー・ヤング」と文字のある野球帽をかぶったサムだけだった。テントの外にすわって、ビニール袋からクロワッサンを出して食べている。おれに気づくと、親指をぐいっと立てた。でもおれが、トーマスの居場所を知っているかときくと、肩をすくめただけだった。

それでスープキッチンまで走っていったけど、時間がはやすぎてキッチンも教会もまだ開いていなかったし、だれの姿もなかった。だから、駅の裏のキャットウーマンのテントに向かった。でもキャットウーマンもいなかった。

思わず、大きなひとりごとが出た。

「みんな、どこにいるんだよ？」

スケートボードに乗って家に帰ると、キッチンのテーブルには朝ご飯のカナッペの乗った皿がたくさんならんでいた。

「さあ、食べて」

お母さんがそう言って、おれの皿に一〇ペンス硬貨くらいの小さな丸いトーストを五つ乗せた。どれもマッシュルーム一個と一さじ分のベイクドビーンズがトッピングされている。お母さんは言った。

「ちょっと聞いて。今朝、警察から電話があったの。それで、あと一時間以内にヘクターを警察署まで連れていかなくちゃいけないのよ。だから食べ終わったら、パーカーじゃなくて何かきちんとした服を着て、一階に下りてきて。ヘラクレス、ヘレン、あなたたちもね」

おれはヘレンを見て、ぶつぶつ言った。

「どうして二人も一緒に？」

お母さんは腕組みをして、厳しい顔で言った。

「お説教させないでくれる？　ヒーローになったばかりだっていうのに！」

＊＊＊

ヘラクレスが車の中でずっと、どろぼう一味とたたかった話をしてとせがんできたけど、頭がいっぱいでそれどころじゃなかった。トーマスはどこにいるのか。キャットウーマンはどこに行ったのか。今日、メイ・リーに会いに行って、昨日の出来事を全部話して、おじいさんのフリーパスを返す時間はあるのか。

駅の近くまで来たとき、道路沿いに人だかりができているのに気づいた。みんな横断幕やプレートをかかげている。警察署の玄関前に車を止めると、その人たちはいっせいに歓声を上げ、おれたちに手をふったり拍手したりしてきた。

「どういうこと？」

ヘレンがそう言ったとき、二人の巡査がその人たちを車から遠ざけ、おれたちのために玄関のドアを開けた。

「こちらです」ひとりがそう言って、おれたちを急いで中に招き入れた。横断幕の文字を見ようとしたけど、そんな間もなかった。「警部からお話があります」

「なんの話？」

おれはそうきいて、お母さんとお父さんを見たけど、二人は肩をすくめるだけだった。

巡査は大きな青い木のドアをノックし、「どうぞ」と声が聞こえると、押し開けた。

部屋の中を見て、おれは目を丸くした。トーマスがいる！　それにキャットウーマンも、メイ・リーとお父さんにおじいさんおばあさん、それにメイソンさん、ソロ、ミリアム巡査、フィリップ巡査、みんなが笑いながらおれたちに手をふって声をそろえた。

「おめでとう！」

それから話を聞いてわかったのは、今朝はやく、おれが目を覚ます前に、警察はうちに電話して、お母さんに話をしたということだった。そしてトーマスにも、居場所を探して同じ話をしたそうだ。どんな話かというと、警部ととなりのランベス区の区長――逮捕されたロンドン市長じゃなくて！――から報奨金の小切手が贈呈されるということだ。報奨金が出るなんて、知らなかった。

そして警察署の正面玄関前の階段の上で受け取った。五人がかりで持たなくちゃいけないくらい大きな小切手だ。横断幕やプレートを持っていた人たちは、このために集まっていたんだ！　おれとトーマスはすっかり有名人になった。みんながトーマスの名前を呼び、

「ナイトバス・ヒーロー！」と声をかけ、おれには「リトルヒーロー・ヘクター」と呼びかけてきた。

おれはみんなに、メイ・リーがおじいさんのフリーパスをこっそり貸してくれたことを伝え、ニッと笑って返した。おじいさんはあきれたようにメイ・リーとおれを見て、やれやれと首をふり、フリーパスをトロフィーのように高くかかげた。トーマスはみんなに、キャットウーマンがいなければ真相をあばくことはできなかったと話した。

だから、おれとトーマスは報奨金をキャットウーマンとメイ・リーと分け合うことにした。五万ポンドを四等分。そんな大金を手にする日が来るなんて、四人のだれも想像していなかった。

トーマスは公園からそう遠くないところに小さなアパートを借りた。毎日、お気に入りのベンチにすわって家族を思い出せるように。そしてバスの運転免許を取るために教習所に通い始めた。ふつうのバスを運転するためだけじゃない。トーマスは、特別なバスを手に入れようとしているんだ。温かい料理を作ったりお茶をいれたりできる小さなキッチンと、数人分のベッドがあるバス。それを運転して夜のロンドンを走り回り、夜のバスを居場所にするホームレスの人たちが路上生活からぬけ出せるよう、支援するんだ。

キャットウーマンは報奨金を使って、昔のいい思い出を取りもどすための支援を受けている。子どもや孫たちに、写真を通してじゃなく直接会えるように。そして、里子に迎えた一三匹の赤ちゃんネコと一緒に暮らせる広さのアパートを借りて暮らしている。ときどき、テント生活が恋しくなって、裏庭にテントを立ててそこで眠ることもあるそうだ。

メイ・リーは、受け取った額の半分をスープキッチンに寄付した。お父さんはそれを使ってスープキッチンを増設し、もっとたくさんの人に料理を用意できるようになった。そして残りの半分で、おじいさんとおばあさんに世界一周旅行をプレゼントした。でもそれは、旅行に出かけてくれればその間、メイ・リーがひとりで寝室を使えるからなんじゃないかな。スープキッチンが増設されたから、おれもふくめてボランティアの人数が増えたのがうれしい。

おれはというと、世界一はやくすべれそうなかっこいいデザインのスケートボードを買って、ゲームのコレクションをアップグレードした。それでも全然使いきれなかったから、最高の使い道を三つ考えて、気が変わらないうちに実行していくことにした。

まずはお母さんとお父さん、それにメイ・リー親子と相談しながら、トーマスのお気に入りのベンチに設置する記念プレートを選んだ。そして銀色にかがやく素敵なプレートを選び、おれたちの住んでいる地域の地区長さんにお願いして――懲役一七年の判決で刑務所にいる元市長じゃなく――みんなからの感謝の品として、トーマスに贈ってもらった。短いけれど、大切なことが凝縮された文だ。

我らがナイトバス・ヒーロー、トーマス・B・チルバースの愛する妻と娘
レイラとマイアの美しい思い出に

次にしたのは、池に沈んだトーマスのアルバムを引き上げられないか、ミリアム巡査とフィリップ巡査に相談したことだった。そのためにはまず、カートを池に沈めてしまったことを打ち明けなくちゃならなかった。公園の池にカートごと沈んでいると知った二人は、しばらくおれの顔を見つめ、信じられないという顔をしていたけど、協力すると言ってくれた。そして特別な技術を持ったダイバーの人たちに依頼して、カートを探してもらった。すると古いタイヤとか、返却期限の過ぎた図書館の本がぎっしりつまったスーツケースとか、ほかにも池に沈めちゃいけないたくさんのものとともに、カートは見つかった。アルバムはずぶぬれで、中には損傷がひどくて復元作業が必要な写真もあった。そこで街の大

学の学生チームが乾燥させ修復し、だめになってしまった部分を高価なコンピューターで復元する作業をしてくれている。その流れで、トーマスはアルバムのコピーを大学で保管してもらえることになった。万が一、だれかがまたアルバムをだめにしようとすることがあるかもしれないから。

写真の復元には、おれは一ペニーも支払わなかったし、報奨金はまだたくさん残っていた。それで次にしたのは、シャワー用の特別ワゴンをもう一台買えるよう、スープキッチンとトーマスに資金援助したことだった。シャワーと、洗濯済みの服が入った箱があるワゴンだ。トーマスの運転するナイトバスの後ろを走って、ホームレスの人たちに利用してもらい、体を洗ってさっぱりした気分になってもらうんだ。お父さんは新しいドキュメンタリー映画でその様子を撮影するらしい。お母さんは環境保護活動のチャリティーで集めた資金を、ワゴンに太陽光発電システムを設置するために使えるよう調整してみるらしい。シャワーのお湯をボイラーじゃなく太陽熱でわかせるようにするためだ。

でももちろん、それで報奨金の残りを全部使ったわけじゃない。そこまでいいやつじゃないからね。ウィルとケイティは、おれがダークサイドに落ちてしまって、つまりまっとうな人間になりすぎて、もう友だちをやめようと思っているみたいだけど。残りのお金は、スナック菓子やチョコレート、ヘラクレスのためのラメ入りペンを買ったりするために、取ってある。それと、ヘレンのニキビに効く強力なクリームも買う。もちろん、マンガをかく道具も。ベルガラ先生が言うには、最近のおれは校庭でだれかを追い回すんじゃなく、絵をかいて過ごすことが多くなったから、来年のナショナル・アート・アワードにはおれの絵を出品するかもしれないそうだ。

トーマスはおれに、ロンドンじゅうの宝を取り返したあの冒険をマンガにしたらどうかとすすめてきた。特別なパワーや道具を持ったスーパーヒーローのマンガにはならないよな。でも、夜のバスに乗るトーマスという名の乗客と、実在するキャットウーマン、地球で一番の優等生、今は全然いじめっこじゃない元いじめっこをヒーローにしてえがけば、じゅうぶんかっこいいんじゃないかと思うんだ。

ホームレス・コード

この本には、イギリスのホームレスの人々の間で実際に使われている記号が出てきます。

こうした記号は、ホームレスの人々が地面や建物に記す秘密のメッセージで、支援を受けられる場所や危険回避の方法を伝えるものです。

どのような意味があるのか、見てみましょう。

水質が悪い

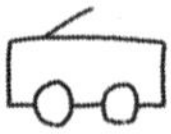

カート停車場

身を守る準備を

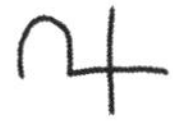

止まれ！

ここでは何も手に入らない

当局が警戒中

ここは安全ではない

危険な地域

オーナーがいる

親切な女性が住んでいる。悲しい話をするといい

警察官（けいさつかん）が住んでいる

この先へ進んでも何もない

疑（うたが）わしい

きれいな水・安全な野宿場

親切な女性が住んでいる

野宿できる

口を閉(と)じよ

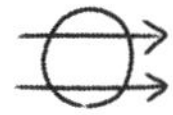

立ち去れ

厳重警備(げんじゅうけいび)の家

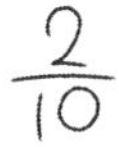

どろぼうがいる

制限(せいげん)なし

どろぼうが残した記号

ここでは身を守れ

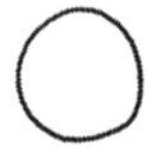

ここには得（え）るものはない

ここは安全ではない

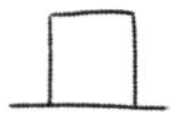

親切な紳士（しんし）が住んでいる

通りにはホームレスが大勢（おおぜい）

∞　ここの警察(けいさつ)はホームレスに厳(きび)しい

†　キリスト教の話をすれば食事がもらえる

$\frac{2}{10}$　どろぼうがいる

作者あとがき

路上生活をしている人を手助けしたいときは、まず保護者や養育者にアドバイスを求めましょう。

わたしは一四歳のとき、しわが深く、ふわふわの白いひげをたくわえた年老いた男の人が、地元の警察署のそばで寝ているのを見かけました。かたわらには、古びたビニール袋や新聞を山積みにしたカートがあり、ぼろぼろの長いコートを着て、穴だらけのくつをはいたその姿を見て、長い間、路上生活を送ってきたのだろうと思いました。それから次の日も、その次の日も毎日、同じ場所で同じ時刻に見かけるようになりました。週末には、大通りのごみ箱の中から食べ物を探している姿も見かけました。物乞いをしている姿は一度も目にすることはなく、ただビニール袋や新聞紙を集めて、運がよければ食べ物を手に入れている様子でした。

とても恥ずかしがり屋だったわたしには、その人に話しかけたり、何か手助けできることはないかとたずねたりする勇気はありませんでした。しかし、しばらく経ったとき、その人はわたしの存在に気づきました。大きなメガネをかけた背の低い、ずんぐりとしたアジア系の少女が、自分を毎日見つめているのが奇妙だったのでしょう！　その人は、わたしにほほえんで手をふってくれるようになりました。つられてわたしもほほえみ、手をふり返すようになりました。間もなく、わたしは見かけたときにいつでも食べ物を差し入れられるように、お昼ご飯を買うつもりだったお金や、お弁当を取り分けたものをとっておくようになりました。あつあつのフィッシュ・アンド・チップスが用意できたときもあれば（ラッキー！）、おやつのつぶれたケーキしかないときもありました。そんなとき、その人がちょうど眠っているといいなと、いつも思っていました。そうすれば、わずかな差し入れをそっと置いて、すぐに立ち去れるから。でも眠っていたことは一度もありませんでした。わたしはさっとかけ寄って、食べ物をぱっと差し出して、真っ赤な顔で走り去っていたのです！

そんな日々が一年ほどつづき、次第にその人のパターンがわかってきました。春と夏には駅で眠り、秋と冬には、ほかの場所へ移動するのです。おそらく、もっと寒さをしのぎやすい場所で眠っていたのでしょう。しかし、ある春の日、大学へ向かっていたわたしは、いつもの場所に彼がいないことに気づきました。次の日も、その次の日も。カートとともに突然、存在が消えてしまったかのように。

わたしはようやく勇気をふりしぼり、警察署へ行って、彼の居場所をだれか知らないかとたずねました。そして返ってきた答えは、あまりにもショックなものでした。彼はその週のある夜に、亡くなっていたのです。その警察官の知る限りでは、彼の名前はトーマスだということでした。苗字はなく、〝ただ〟トーマスだと。

トーマスは知らないままでしたが、一年間の無言の交流は、わたしの生活に大きな影響をあたえていました。言葉は交わさずとも、彼はわたしの友人で、毎日会えるのを楽しみにしていました。亡くなったことを知ってから、これからは手助けを必要としている人に出会ったら、話しかけるのをこわがったり恥ずかしがったりするのはやめようと心に決めました。そして夏休みの間、チャリティー活動に参加するようになりました。まずは母が当時行っていた、ホームレスの一家や、暴力をふるわれて避難している女性や子どもたちのための家を作る活動に参加することから始めました。

この本の執筆中、一週間のうちにイギリスのすべての路上生活者が住む部屋をあたえられるという歴史的な出来事がありました。これに際し、カウンセリングや路上生活にいたった根深い原因に対処するための支援は行われませんでした。しかし、イギリスには路上生活者のための住居に使用できる場所があるという事実が証明されました。

世界的なパンデミックというきっかけが必要でしたが、証明はされました。必要性を感じれば、経済的な余裕の有無にかかわらず、すべての議会が路上生活の人たちにシェルターを提供する算段をつけられるのです。そこで問いが生まれます――なぜ常にその必要性を感じられないのでしょう?

イングランドとウェールズでは、二〇一八年に七〇〇人以上の路上生活者が亡くなりました。一日に二人が亡くなったことになります。そして子どもも含む三二万人以上の人々が、過去のトラウマにより家のない生活をしています。いつかその数字が〇になる日が来るよう願っています。

この物語を、イースト・ハム駅のトーマスにささげます。わたしにとっては〝ただ〟の人ではなく、彼が手をふりほほえみかけた無数の人たちにまぎれることもなかった友人に。

訳者あとがき

作者のオンジャリ Q. ラウフは一九八一年生まれで、バングラデシュにルーツをもつイギリスの作家です。難民問題をテーマにしたデビュー作『5000キロ逃げてきたアーメット』（久保陽子訳／Gakken　原題：*The Boy at the Back of the Class*）が高く評価され、ウォーターストーンズ児童文学賞やブルーピーター文学賞を受賞し、カーネギー賞やブランフォード・ボウズ賞にノミネートされました。ラウフ自身、以前は難民問題にくわしくありませんでしたが、二〇一五年に幼い難民の子どもに関する悲劇的な記事を目にしたことにより、行動を起こそうと決意します。そして難民支援の取り組みに参加するようになり、それがデビュー作の執筆のきっかけとなりました。さらに、難民支援を行う団体「O's Refugee Aid Team」を創設し、活動を続けています。

また、女性や少女への虐待や人身売買をなくすために取り組む団体「Making

Herstory」の創設者でもあります。作家としては、子どもの貧困をテーマにした『秘密の大作戦！　フードバンクどろぼうをつかまえろ！』（千葉茂樹訳／あすなろ書房　原題：*The Great [Food] Bank Heist*）をはじめ、家庭内暴力やヤングケアラーなど、子どもたちをとりまく様々な問題をテーマに児童文学を書き続けてきました。

このような問題に目を向けて作品を世に出し続けるなかで生まれた一作が、『ぼくらナイトバス・ヒーロー』です。ラウフはインタビューでこう語っています。

「この作品は、子どもたちがすでに見聞きしている問題について、新しい物語を通じて提示するという児童文学の伝統的な手法にのっとっています。問題への理解を深め、議論するための安全な空間と機会を、物語によって提供することが大切だと思っています。執筆にあたっては、つらいシーンが子どもたちの心に負荷をかけすぎないように、注意深く調整しながら作りあげました」

主人公のヘクターは、ホームレスの人たちと交流した経験がなく、ホームレスになった背景にどのような事情があり、どのような生活をしているのか、想像してみたことすらありませんでした。また学校では、自分がいじめる相手がどんな気持ちになるか、いじめられた経験が相手にどんな影響をおよぼすか考えたこともありませんでした。自分とちがって大人たちに気に入られているため目のかたきにしている優等生メイ・リーのことも、気にかけたことはありませんでした。
しかしトーマスとの出会いをきっかけに、変化の兆しがところどころにあらわれ始めます。

「トーマスがつかまって刑務所に入れられたんじゃないかって、どうして心配になるんだろう？　おれのせいでホームレスの人たちが逮捕されたんじゃないかって、どうして気がかりなんだろう？」（一八二ページ）
「一度だって疑問に思ったことはなかった。だってメイ・リーは優等生で、おれは今まで優等生のことなんてひとりも気にかけたことはなかったから」（二六六ページ）
「本当の自分を忘れさせてしまうほどにだれかを追いこむ、そんな人間に自分はなりたくない」（二七〇ページ）

そしてセントポール大聖堂に侵入するとき、外で待っていなくていいのかとトーマスに問われたヘクターはうなずき、「こんなふうにしっかりとうなずいたのは人生で初めてだ」と自覚します。いつも、本心ではなくごまかしやうそでうなずいてきたヘクターが、まっすぐな心でうなずける人間に変わったのがわかります。

その変化がいっそう明らかになったのは、大聖堂の正面玄関から出てクラッカーを鳴らすはずが、からだが動かなくなったシーン。

「おれはみんなが思ってる通りのやつなんだ。勇敢じゃないし何もうまくできない。ただのやっかい者なんだ！」

そう思った直後、トーマスの危機を感じたヘクターは「手をはなせ！」とさけび、危険をわすれてどろぼうたちの前に姿をあらわします。このときの彼は間違いなくトーマスの友人であり、目的を果たすために、偽りのない心で勇敢に行動する人間に成長しています。

ホームレスの人たちと知り合い、交流することで変化していったヘクター。そこには、かつては関心の薄かった社会問題に積極的に関わるようになり、人々と交流して視野を広げてきた作者の実体験が生かされているのでしょう。わたしたちは彼女の生み出すいきいきとした登場人物と出会い、激動のストーリーに導かれて、読書の楽しさだけでなく、社会問題を知るきっかけも得ることができます。たとえ直接の支援ができなかったとしても、問題や苦しさをかかえる人々に対し、知ること自体がめぐりめぐって、わずかでも助けることにつながっていくと思います。作者あとがきの冒頭にもありますが、もし支援したいと思ったときは、身近な大人に相談してから行動しましょう。

人生は予想外の方向へ流れていくこともあるものです。あなた自身や身近な人が、今、何も不自由を感じていなくても、いつか不自由をかかえる日が来るかもしれません。そのときに、世界中の読者たちが本を通じて、あなたのかかえる問題や苦しさを知っていてくれるかもしれません。彼女の作品はそうして、少しずつ世界に貢献していくのだろうと思います。

最後になりましたが、この本を日本の方々にとどけるため、熱意をもって編集にあたってくださった足立桃子さんに、心よりお礼申し上げます。

二〇二四年四月　久保陽子

First published in Great Britain in 2020 by Hodder & Stoughton Limited.
Japanese translation rights arranged with Hodder & Stoughton Limited, London, through Tuttle-Mori Agency, Inc., Tokyo

オンジャリ Q. ラウフ
Onjali Q. Raúf

人権活動家として、女性や子どもへの虐待や犯罪をなくすためNGO「Making Herstory」と難民の救済をめざすNGO「O's Refugee Aid Team」を創設。児童書作家としてのデビュー作『5000キロ逃げてきたアーメット』(久保陽子訳、Gakken) でウォーターストーンズ児童文学賞総合賞、ブルーピーター文学賞ほか数多くの賞を受賞 。他の邦訳書に『秘密の大作戦！ フードバンクどろぼうをつかまえろ！』(千葉茂樹訳、あすなろ書房) がある。

☆ ☆ ☆

久保陽子
Yoko Kubo

1980年生まれ。東京大学文学部英文科卒業。出版社で児童書編集者として勤務ののち、翻訳者になる。訳書に「ハートウッドホテル」シリーズ、「クローバーと魔法動物」シリーズ (ともにケイリー・ジョージ作、童心社)、『カーネーション・デイ』(ジョン・デヴィッド・アンダーソン作、ほるぷ出版)、『明日のランチはきみと』(サラ・ウィークス、ギーター・ヴァラダラージャン作)『うちゅうじんはいない!?』(ジョン・エイジー作、ともにフレーベル館)、『ぼくの弱虫をなおすには』(K・L・ゴーイング作、徳間書店) などがある。

ぼくらナイトバス・ヒーロー

2024年6月4日　初版発行

作　者　オンジャリ Q. ラウフ
訳　者　久保陽子

装　画　長崎訓子
装　丁　城所潤（ジュン・キドコロ・デザイン）
挿　絵　あさ

発行者　吉川廣通
発行所　株式会社静山社
〒102-0073　東京都千代田区九段北1-15-15
TEL 03-5210-7221
https://www.sayzansha.com

印刷・製本　中央精版印刷株式会社

編集／足立桃子

ISBN978-4-86389-829-5

スカーレットとブラウン
あぶないダークヒーロー

ジョナサン・ストラウド 作
金原瑞人、松山美保 訳

銀行から札束を盗んだスカーレットは森へ逃走する。そこで出会ったのが少年ブラウン。彼とともに、さまざまなピンチを乗り越えていくが、どうやら追われているのは、スカーレットではなく、ブラウンだった!?　謎めいたブラウンの正体とは……？

ベサニーと屋根裏の秘密

ジャック・メギット・フィリップス 作
橋本 恵 訳

とある屋敷の屋根裏に棲むビーストから、不老薬をもらって511年生きる男と、いたずら好きで悪ガキの少女が織りなす、てんやわんやの大騒動と、奇妙な友情を描く、痛快コメディ・ファンタジー。

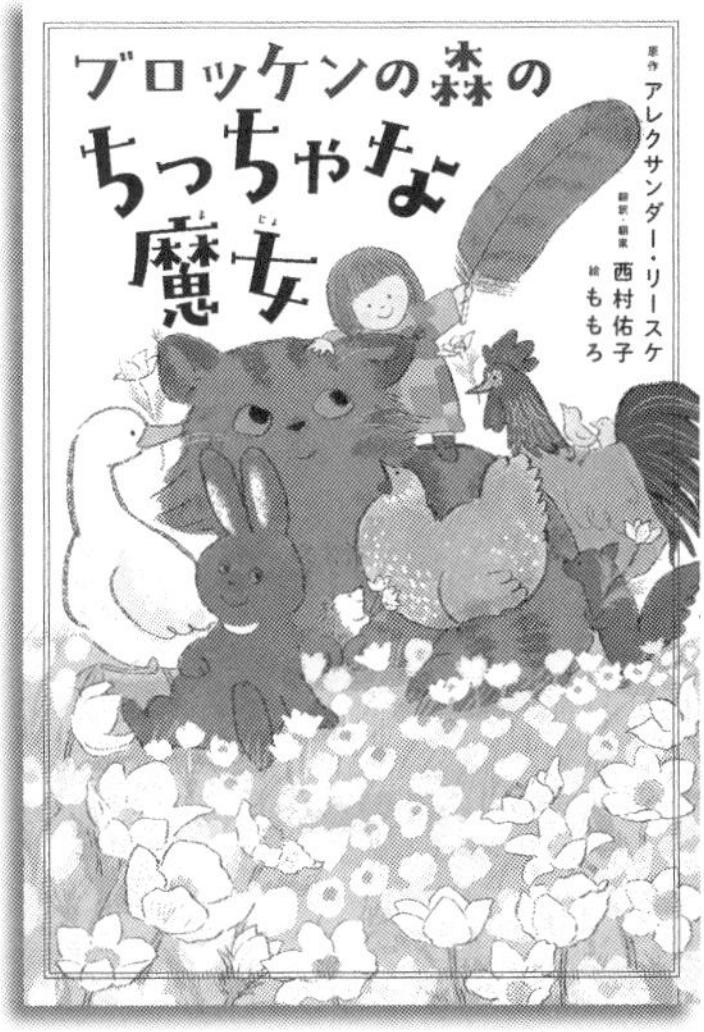

ブロッケンの森のちっちゃな魔女

アレクサンダー・リースケ 作
西村佑子 訳

「ブロッケン」は、ドイツにある山の名前。毎年、悪魔と魔女が大集合するという「ヴァルプルギスの夜祭り」で有名な山なんだ。そんな山の森にすむ、ちっちゃな魔法使いミニーとどうぶつたちの、5つの物語をおとどけするよ。

明日の国

パム・ムニョス・ライアン 作
中野怜奈 訳

戦争、難民、貧困…国を追われたひとたちは、どこにむかうの？——11歳の夏のある夜、見知らぬ男がたずねてきた。100の橋のある村でサッカーボールを追っていた少年マックスの明日は、きのうとは大きく変わっていく。第56回緑陰図書。

翼はなくても

レベッカ・クレーン 作
代田亜香子 訳

あたしにはわかってる。ママが去った理由はあたしだ。すべてをぶちこわしたピースはあたし――親の愛に飢え、孤独に傷つけられた少女たちは、自分をとりもどす旅に出る。折れた翼も、虹色の背中も、そのままで……。

闇に願いを

クリスティーナ・スーントーンヴァット 作
こだまともこ・辻村万実 訳

刑務所で生まれた少年ポンは、法により13歳まで塀の中で暮らさなければならなかった。ところが9歳のある日、自由を求めて脱獄。そんなポンを追う少女が現れ…。〈ニューベリー賞オナーブック〉の愛と勇気を描く圧巻のファンタジー。

レベッカの見上げた空

マシュー・フォックス 作
堀川志野舞 訳

ある冬の朝。友だちのいないカーラは不思議な運命に導かれ、湖の中の島に暮らすレベッカと出会う。ところがレベッカは、第二次世界大戦下に生きるユダヤ人だった。時空をこえて結ばれた友情は、どんな結末をむかえるのか——。

真夜中の4分後

コニー・パルムクイスト 作
堀川志野舞 訳

タイムトラベルができる不思議な駅に行き着いたニコラス。病気の母親を死なせないために、何度も過去にもどるが、うまくいかない。ニコラスは本当に過去を変えるべきなのか、葛藤しながら大切なことに気がついていく。

ハリー・ポッターと
賢者の石
〈ミナリマ・デザイン版〉

J.K.ローリング 作
ミナリマ デザイン&イラスト
松岡佑子 訳

ハリー・ポッター映画のグラフィックデザインで知られるミナリマが、表紙・挿絵をすべて手掛けたシリーズ第1巻『賢者の石』が誕生！　ページをめくるごとにあらわれるカラフルでポップなイラストと8つの仕掛けが楽しめます。

ハリー・ポッターと呪いの子
舞台裏をめぐる旅
世界中を魅了する魔法界の名舞台
実現までの道のり

ジョディ・レベンソン 作
宮川未葉 訳

トニー賞演劇作品賞はじめ主要な賞を多数受賞し、東京でも大ヒットを記録中の舞台「ハリー・ポッターと呪いの子」の公式の舞台裏取材本。日本語版の本書では、アジア初となる東京公演の舞台裏を独自取材した最終章を収録。